店四年为故乡

张国瑞 著

中国华侨出版社

·北京·

图书在版编目（CIP）数据

居四年为故乡 / 张国瑞著. -- 北京 ：中国华侨出
版社, 2025. 8. -- ISBN 978-7-5113-9599-3

Ⅰ. I267

中国国家版本馆CIP数据核字第2025AC9316号

●居四年为故乡
JU SI NIAN WEI GUXIANG

著　　者：	张国瑞
责任编辑：	王　嘉
经　　销：	新华书店
开　　本：	710毫米×1000毫米　1/16开　印张：13.5　字数：203千字
印　　刷：	三河市嵩川印刷有限公司
版　　次：	2025年8月第1版
印　　次：	2025年8月第1次印刷
书　　号：	ISBN 978-7-5113-9599-3
定　　价：	68.00元

中国华侨出版社　北京市朝阳区西坝河东里 77 号楼底商 5 号　邮编：100028
发行部：（010）64443051　传　真：（010）64439708

如发现印装质量问题，影响阅读，请与印刷厂联系调换。

近几年，我两次去温哥华，发现这座城市极为独特。它的人口约有七十万，其中亚裔占了43%，亚裔中又以华裔居首。而且，华裔每年有一万人迁入。温哥华的华人，文化生活的丰富多彩教人惊叹，大量放下身段的专业工作者以及为数更多的票友，组织举办了五花八门的活动：创作、歌咏、舞蹈、音乐、书法、绘画、戏剧、体育……门类齐全，水平之高出人意料。演出、展览、竞赛、评奖、出书，名堂繁多……它们共同的特色是人人投入，热火朝天。它们无一不出自民间同人团体的策划和操作，最大限度地展现着公民社会的自由、包容与凝聚力。

我进而自问，单就加拿大和美国这两国国情近似度极高的国家论，美国第一大都会纽约，华裔人口是温哥华的十倍以上，其他城市如旧金山、洛杉矶更不论，为何温哥华在这方面一枝独秀？我单拈出一条理由：温哥华华人社区内，经济基础良好且有闲情、有活力的人特别多。别的城市里，作为新移民的中国人为谋生而疲于奔命，无暇他顾，温哥华的一群华人已"上岸"，把品位、享受、感悟人生和回报社会当成自己的生活方式。

张国瑞先生就是"有经济基础、有闲情、有活力"的温哥华华人中的代表。倘若贴个更个性化的标签，他出国前是北京某高校的教授，办过企业，是学有专攻、已出版多种专著、富有学术成就的学者；他有多方面兴趣和专长，工朗诵，擅演讲，能文，能编，能导，能表演，能在线上开讲生活的方方面面，如品鉴茶和酒。这样一位文理"全才"，将自己移民以后的状态和感怀形诸笔端，写得引人入胜是不容置疑的。

有言道人生如茶，作者跨越大洋后的人生长途，可以以他"中西合璧"的自创"茶道"来概括：

"我刚来温哥华，沏铁观音也用紫砂壶，循什么'关公巡城''韩信点兵'之道，沏得茶水从壶盖溢出四流，沏出茶来苦、涩、浓香，只喝三泡茶我就换茶，第四泡都觉得没味了。在温哥华待了不到两年，就觉得喝头三泡茶苦涩有余，清香不足，三巡过后苦涩味渐退香气适中，我最多沏过八泡。用咖啡壶沏茶不是我的发明，我在美国旅游时住宾馆，发现桌子上摆着两袋咖啡、两袋粉末状茶，而壶只有一把，必定是用沏咖啡的壶沏茶，沏了几杯茶效果不错。回到家我试了一下沏咱们的片状茶效果极佳。这种方法的原理是用汽化后的高温水短时间喷淋在茶叶上，由于浸泡时间短冲出的茶味道清香宜口。这种沏茶方法，沏头三泡不苦，后三泡不淡。"

这本趣味盎然的集子，包含"移民三部曲"——安家、融入、回馈。

第一部：安家

初期，作者和别的中年移民一样，有"鱼儿上岸"的尴尬，远离了事业、美食、亲友、忙碌、喧嚣，浑身解数无用武之地。到了超市，大脑立刻进入计算状态，一看大白菜七毛八一磅，就说，乘以六块三大概五块人民币一斤，但忘记把"磅"折合为"斤"。初期的新鲜感消失后，庸常就是一道天天要做的功课。国内的生活习惯不知不觉地改变了，这城市"就像一泓温泉，不论什么人沉进去都会被温润融化"，"以灰色为主色调涂抹人们的心境，如朦胧中的秋色"。

白居易的名句"无论海角与天涯，大抵心安即是家"，这本书对它做了具体而细腻的演绎。《故乡情怀》一文，围绕故乡的思想碰撞发人深省。和旧雨新知初次见面，从互问祖籍牵扯出一系列疑问，诸如：故乡是不是童年的记忆？故乡是不是供人炫耀的？故乡有没有"恨的"地方？故乡是不是可用"住多久"来界定？最后，作者道出感悟："在我看来，故乡不是生活的土地，不是相依的时间，不是爱情的纪念碑，更不是炫耀身份的标签。故乡不是痛苦和恨的记忆，故乡是情感容器，是爱的记忆。""强大而富饶的祖国是这些游子永远的依托。"

第二部：融入

在《花非花　叶非叶》中，作者宣告："见异思迁有贬义之嫌，改为见异思新，我们今天见到的花非昨日的花，叶非昔日的叶，每天的阳光是新的，我们每天的心情也是新的。"从"开拓生命境界"的角度考察作者融入全新人生的履痕，方能从谋生、糊口的低层次发掘其超越性的意义。

《移民老张找工记》散发汗水味的"原生态"。作者进中文招聘网，碰壁多次后，终于被一家装修公司聘为临时工，活计是为一华人的房屋铺地砖。师傅吩咐他把两排旧地砖撬下来。他费尽力气，砖纹丝不动，因方法不对。师傅教他一点一点地砸，才解决了。接下来，写了和同事的贴心交流、劳作的艰辛和快乐。后半部分从吃饭盒自然地过渡到并不快乐的女业主，老公在大陆做生意，"住着豪宅其实跟家政保姆差不多"，连五百块工钱也付不出。末尾，他下结论："回归到用手胡噜着沙子码放地砖，这才踏踏实实地找回最惬意的感觉。"

浸泡在温哥华的多元文化里，作者的审美获得更新，发现先前觉察不到的色调之美。它的建筑物以灰色调为主，"不夺天公之美，白云挂在蓝色的穹幕上做出各种姿态，好似和人在交流"。作者通过拍照感悟美的互补性。"当你朝九晚五、披星戴月下班后，抽出些许时间去踏春赏花时，就能感受到万物的美好了，仿佛一棵躺在树林里的枯树在你的镜头里都是艺术品。"

文化碰撞在日常生活中司空见惯，作者以明智、达观的思维，洗涤过时的观念，重新构建价值观。温哥华的冬天将近半年，零下二十多摄氏度被视为正常，一场雨一下就是几个月。作者从中感到的，不是烦腻，而是"冬对春的厚爱"。原来，恒久的忍耐是宇宙的法则。"忍耐生老练，老练生盼望，盼望使我们在漫长的冬月得到了温情和美的感受。"

第三部：回馈

读这本集子，我们仿佛真切体验到了作者原汁原味的生活。他在温哥华全方位地投入社会活动，在帮助别人的同时，让自己的晚年充满人性的关怀和乐趣。

《年龄是一种感觉》展示了温哥华老年华人社区的一个侧面。在歌舞剧组相对"年轻"的作者，身负重任，通过线上平台带领大家编导了七部广播剧，举办了五场线下表演。作者在拍戏过程中做示范动作时，完全忘记了腰酸腿疼和年龄。能歌善舞的老朋友经常看作者编排的节目，两口子还演了他编排的诗歌剧《长干行》。一次，作者夫妇参加打羽毛球群体的聚餐时惊喜地发现，八十七岁的"羽妪"和九十一岁的"羽翁"对阵，后者居然能倒地铲球。由此可见，"人与人之间互相感染激励能迸发出无限的智慧活力，让人的物理年龄湮没在群体的爱里和生命的活力里。"

《生命间的感应》叙述了作者和养老院老人的情谊。作者常去看望九十多岁的陈老伯，借书给他。除夕夜，他和太太又去养老院看老人家。可惜，陈老伯在他们到达前一刻去世了。这一遗憾使作者想起另两桩类似事件——作者打算送患癌的旧友去医院做检查，开车到旧友家门口，才知道他于六个小时前去世了。而作者的母亲，二十多年前是作者赶到病床前，抱住她的头，用纸不断擦，直至停止呼吸。于是，作者针对"亲眼送走亲人"和"告别挚友总差一步"二者做出省思，试图揭开内在神秘信息传递之谜。就此，"死别"被赋予"天问"式意蕴。

所谓"三部曲"并非层层递进，而是交错进行，彼此碰撞、融合，从而迸发出灿烂的文学火花。作者在这过程中收获了什么呢？《老移民》一文做了回答：

"是啊，当我们驾车走错了路不慌了，很快便能找到路了；看到各种肤色、发型、穿着的人习以为常；随便想换个工作时不着急了，淡定地休息几个月再上班；被警察拦住心里不再紧张；孩子与孩子发生冲突时，不管对方是什么肤色的心里能坦然面对；从容地乘坐公共交通，低着头就能走到车站，到哪儿都不再紧张害怕，我们就可以算是老移民了。人生活追求的就是踏实，脚落在踏实稳当的土地上人就会感到安全，当然这块土地需要我们用心捂热它。平安是真正的家！"

刘荒田

2025年5月于美国旧金山

　　语文是我中学时代的弱项，虽然我是1978年高考总分全县在校生第一名，但其中语文成绩不到50分。那时候是数理化最时髦的年代，我没意识到语文在以后科学学习和工作中的重要性，即使在大学教授基础物理也没觉得文学如此重要。直到我写文章发表到杂志社，想把研究内容语言流畅、层次分明地表达清楚，才知道语文的重要性。好在我爱人是学中文的，我家里有的是文学相关书籍，缺什么学什么，就像饿了吃什么都香。我翻出很多书看，看了一些如文学概论类的书，还是找不到写文章的头绪。我发现平常用的很多字并不知道其确切含义和准确用法，更甭说语法了。

　　我回归小学学习语文的方法，即看杂志上的文章学习时遇到关键字就查字典。当我查字典看到一个字的表面意思，会再查到它引申的深层次象征包含很多知识，就会被汉字的伟大和哲理吸引并渐渐着迷，就像着迷物理学"场"和"熵"。我开始阅读大作家的短篇文章，首先看了季羡林的《三真之境》，文中他常常把词中字拆开单独使用，凸显出对字的准确理解。我2001年编写的第一部学术专著《百问丛书》，类似问答题形式，没有感觉到语言表达的高要求。我2006年编写的第二部专著是教材，其中叙述内容很多，对字词句的通顺简洁准确要求很高，出版社编辑在文字上修改了很多，那时我深刻感受到了文字、文学知识的重要性。我在行家的建议下开始学写散文，慢慢学习文字表达。2007年我写了本书中最早的一篇散文《乐莫甚焉》，用写实的手法叙述我们晨练的场景及人物，经过爱人多次修改，终于完成了一篇自己满意的文章。从此我喜欢上了文学，一发不可收。我2010年移民到加拿大，进入退休状态，观察记录异国生活文化并写成文章成为我充实生活的重要内容。2023年我63岁写第三部专著时，对文字语言的运用已毫不费力。

　　我是学习基础物理的，主要研究科研生产机器，所以从小就培养出从最基本的原理入手思考和解决问题的习惯。我带着自己熟知的中国文化移民到加拿大西方国家，需要了解这个国家的一切。我自然而然地从中西文化对比的思路着手观察并体会其中的异同，从文化层面进行思考。我首先观察加拿大特别是温哥华的地理和气候，写出了《春日的温哥华》《灰色调的温哥华》等散文。我通过观察中西文化差异，写了《白色花》等散文。我通过体会移民感受，写了《故乡情怀》《居四年为故乡》《祖国母亲的土地》《妈妈的冰棍》等杂文。我没打过工，从学校毕业就直接当教师了，后来做老板，在温哥华，我在报纸上看到日工招工广告，然后做了五天园林装修帮工，据此写下《移民老张找工记》《移民见闻》等文章，还编写并导演成广播剧本《装修》。我通过从生活层面观察感受移民生活，写了散文《中年随想》，剧本《爸妈来温哥华》《姑妈从温哥华来》，并将其导演成广播剧。

慣于理性思维的人有时会缺乏感性思维，我写不出纯粹诗人的诗歌，但激情总是激荡着热血，让我总想用诗歌表达情感，我只好用写实的方法直抒情怀，写几首我自己满意的"诗歌"。我用脚步丈量、用手触摸旅行，用心感受祖国的大地、山川，并将其化成诗句，也将移民生活融化成诗歌。

感谢生活给我开启文学视角，丰富并滋养我的退休后的闲逸生活。感谢文中的各个角色，感谢祖国博大精深的文化带给我的激情。最后我特别感谢鼓励我出版这本文集的温哥华大华笔会创会会长林楠先生。

2024年12月31日

目录

第一辑　散　文

第二辑　诗　歌

第三辑　剧　本

第一辑

散文

春日的温哥华

今年温哥华的春天是寒冷的。春天的一个下午，我们家和我上幼儿园的小儿子的同学一家同驾一辆车去游泳池酒店泡温泉。我驾着车，尽管仍然穿着冬天的装束，我爱人还是跟我说："你打开暖风吧，别冻着孩子们。"两个男孩并排坐后面激动地唱喊着，挥舞着小拳头佯装对抗，他们都用英语对话，我只能听懂个别词汇。

我们大人虽然没有孩子们那么疯狂激动，却也是第一次去泡温泉。人还没到宾馆，涓涓温泉似乎已在体内涌动，我仿佛感到周身升腾着袅袅热气。视线随道路的起伏跳动，努力地向外搜寻着春意，可是一号高速两侧四季常绿，这使我们有点失望。车子驶出一号高速，云缝里钻出的一缕惨淡的夕阳映在峭壁般的雪山上，反射来的一片犀利的寒光抹杀了微微的暖意，我的春梦在这一瞬间好像坍塌的雪一样破碎了。

我一脚踩住刹车："孩子们，宾馆到啦"。我摁了开门的按钮，车门发出了"嘣"的一声，车门还没完全开，两个小家伙同时冲到车门口，正要同时蹦下车却看到了墙上的英文，一个跟着一个伸出小拳头喊着"Hot Spring 热春天"同时跳了下来。我儿子转头问了我一句："这不是温泉宾馆吗，怎么是热春天宾馆呢？这儿怎么还这么冷呀？""里边暖和，快进吧。"儿子同学的爸爸答了一句。我知道Spring既是春天也是泉水的意思，我在疾步中冥思着英语春天和泉水有什么联系，春天意味着气温回暖，Hot与Spring大概是关联词吧。回头看了看苍茫中伫立的雪山，我茫然了，想起毛主席的词《沁园春·雪》，显然这里的"春"和"雪"并非字面意义上的关系。宋代朱熹在《春日》里说"万紫千红总是春"，怎么沿路一百多公里一抹红也没见着呀？

每个人脸上都是兴奋的神情。开心的笑声溢满了酒店，大家幸福甜蜜的脸庞，像千红万紫的彩云。霎时，我懂了，这被半年冬雨淋透了的心情此时苏醒了。原来，春天在我们洋溢的笑容里，在我们炙热的期盼里。春是太阳送给地球的礼物，四季是上帝给地球的恩赐。春天的荷塘虽然冰封雪覆，小荷却露尖尖角。破碎的龟纹状冰面上，残雪簇拥下那群尖尖的嫩嫩的星星点点的荷芽，好像夜空中点点的群星，真是美极了！我们真要感谢世界，冰雪压不住春给荷花生命的力量，冷春是上帝给温哥华的厚爱。我想，上帝虽然没赐给荷花、鸟儿、黑熊……语言，但它们一定像人类一样会对春有同样的感觉，它们都会听到惊雷的声音，都会感觉到大地的复苏暖流。

我坐在户外温泉池里，水蒸气袅袅逶迤地飘着，像嫦娥的飘带，放眼望去，恰似烟云直冲雪山云霄。雪山"背负青天朝下看"，一片人间云海，似乎雪山要和烟云对话，我仿佛听到烟云好似小提琴在呢喃，仿佛看到烟云似织女，雪山如牛郎在狂舞。难怪人们后来把贝多芬的《第五小提琴奏鸣曲》命名为《春天奏鸣曲》，第一乐章慢板合奏的乐曲似春风，如春雨，又似春梦，好似烟云雪山交汇嬉戏；第二乐章是细腻的柔板，小提琴与钢琴时离时和像两人交谈，好似织女在与牛郎对话，春天在哪里呀，春天在哪里？第三乐章末尾钢琴弹奏出强弱错落的"当！当！……"清脆的敲击声仿佛在我胸中回响，它告诉我啊，春天在我们的思念里，在我们的希冀里。想到这儿，我的思绪突然跨越海洋回到了我的祖国，心里涌起了对亲人的思念、对祖国的眷恋。我不由得想到冢宅中沉睡的母亲，春的惊雷是否打扰了她的梦？我烧的纸船明烛，她看到了吗……

温哥华漫长寒冷的春天是让我们掌握"适应"这门功课的。祖国遇到的倒春寒会磨炼出她坚强的儿女。我期待，到那山花烂漫时，待到温哥华樱花绽放时，温润的春雨带来的芬芳将充盈我们的心脾。在寒冷的早春，每当我们看到到处都是"Made in China"的标签，听到老外用一句中文亲切地问候"你好"，我们都能感到温哥华春意盎然，意识到强大的祖国正温暖着她远在异国的儿女。

2012年8月于温哥华

夏日的温哥华

　　姗姗来迟的温哥华夏日像害羞的新娘，迟迟不肯撩开盖头似的躲在阴沉沉的云里。饥饿的禾苗仰卧在泥土上翘首期盼着阳光的哺育，像嗷嗷待哺的婴儿期待着乳汁。卓然立在烟囱顶上的乌鸦冒雨仰天似乎对着乌云在喊：啊！啊！你为什么独揽阳光？啊！啊！那沙哑的音调好像又在诉说：你不知道吗？没有阳光，我这一身乌黑的羽毛如何反射出斑斓的色彩呢！被淫雨浸透了的人们似乎忘记了暖融融的朝霞那沁人心脾的感觉，忘记了正午时分流云飞动的影踪，忘记了残阳挤过云层在雪山上涂抹出一幅幅像鲜血泼在冰晶上的诡异的画面。

　　已是七月的初夏时节，淫雨绵绵，我家后院花园里，郁金香、玫瑰、百合花，还有叫不出名的花依然绽放。我的视线透过窗子注视着飞落的雨滴敲击着颔首的花朵，花随着雨滴的节奏上下摆动着，似乎在计数又似乎在自言自语："唉，你再敲一千下也该停了吧！"我驻足观望着，但脑子里早已开了小差，想到了今年热议的话题：2012年，不是世界末日真的要来了吧？我的思绪伴随着视线从百合花穿过花园，又从郁金香向上方移动、掠过松柏，透过乌云直逼穹苍，耀眼的阳光突然晃入我的眼睑，我似乎看到了彩虹环绕在四周。突然，阵阵惊雷伴随着狂风暴雨。雷声、狂风、暴雨让我惊昏了头，这些似乎是虚幻的异象。渐渐地，我的目光从恍惚中清晰了，我的视线又回到了花园里，雨后的花园依然是那样美丽祥和。

　　妹妹一家从北京来温哥华探亲，不巧赶上连续阴天，天刚一放晴，我就先带他们去了我家附近一个绝佳的去处——菲沙河中心的一个小岛（菲沙河是加拿大不列颠哥伦比亚省中部大河，加拿大第十长河流）。岛将菲沙河分成东西两条支流，西侧支流承担木排漂流的任务，渡口就在岸边，岸边坐落着一座座木材加工厂。东侧支流是水上飞机的航道。岛中央据说是原住民的牧场，周围有长约十公里的环形路，是游人散步、骑车休闲的好地方。清晨驱车十分钟便到了渡船码头，我们坐在车里等着船夫拉起栏杆上渡船。霞光从东方越过雪山冉冉升起，映衬得雪山碧透晶莹，一幅宏伟的画面映入车窗，啊！"须晴日，看红装素裹，分外妖娆，江山如此多娇……"熟悉的诗句把我带回了祖国，顿时我眼睛湿润了，一幅幅祖国大好河山的画面充盈在我脑海，赤子之情油然而生。车内静谧，只听得见发动机的声音，我斜视一眼我妹妹惊愕的神情："壮观吧？！"我说了一句。我们开车上了船，河水幽碧、湛蓝，生命、阳光在这里沉淀、净化。那河水微澜倦慵、细波澹澹，浪花儿的脚步轻轻地推动着一排排木筏漂向岸边的工厂。驳船激起的涟漪碰到木筏掀起的浪花，浪花破碎，旋即就悄悄地消失了。我的目光随着渐逝的涟漪变得模糊起来，哪里是河水神秘的源头？河水，你是否来自遥远的冰川？还经过了瀑布吧？应该是冰川上的瀑布吧！大概像我在多伦多看到的尼亚加拉寒冬时瀑布画面，飞溅的水沫飘悬在空中溅到我脸上。一幅幅菲沙河源头的景象从我的眼眸像电流似的涌到心脏，此时我无法用语言描述这些美景，心脏仿佛涌动着一股股暖流，扑通扑通地激荡着，这心跳，似乎初恋情侣第一次凝视对方的眼睛。我默然，感谢温哥华，感谢菲沙河！

　　驾车沿着环岛公路行驶，望着头顶的蓝天上飘着的淡淡的白云，那云缥缈而文静，温柔而潇洒，高雅而恬淡。它好像有灵性，总是追着我的车，车走它也走，车停它也停。它还不停地变换着姿态，一会儿像棉朵，一会儿像新娘的婚纱。"蓝蓝的天上白云飘，白云下面马儿跑……"我妹妹见景抒情，哼唱着这首中国人耳熟能详的曲子。"妈妈，快看，马！姑姑唱马，马就来了！"我六岁的小儿子喊了一声。远处牧场的中央有一群红色、白色、棕色的马，看样子是被烈日晒蔫了，倒是几只小马驹还在欢蹦乱跳，大概是在妈妈的肚子里久不见阳光，还不知道它的厉害。夏天好像在向春天反击，如洗的碧空唯有烈日和挂在天上支离破碎、惨惨淡淡的云相伴，一丝凉意也没有。还是老牛聪明，十几头牛挤在路旁一棵大树下或立或卧，块头大的还要威风占了一块最凉爽的阴凉地儿。牛的大小便被牛蹄一加工，和着被烤得炽热的泥土的氤氲升腾，充溢着禾牧的味道。我赞叹！温哥华的夏日给了我们炽热的爱。

2013年5月于温哥华

秋日的温哥华

温哥华的秋日是翡翠雕镂的季节，是阳光凝固的季节，是朵朵白云漫天飞舞的季节，是用鸡尾酒浸泡过的季节。五彩缤纷的森林、广场、街巷衬在无垠的蓝天下，好似嫦娥广袖甩下的彩带。

我驱车沿菲沙高速向东去采摘园，接近十七号高速，下坡行驶的路随着山势起伏，我驾车的感觉像在五线谱上跳动。飞动的云朵在湛蓝穹顶翩舞放歌，似乎在唱——白云下面是我第二故乡。那歌声渗透了阳光，在白云间跌跌撞撞地回响，如卷卷柔丝，淡淡幽香，穿透了我的胸膛，也激起了我思乡的忧伤。阳光洒在路边的枫树上，树叶随风翕动反射出让人目眩的斑斓，鸡血色、宝石蓝色、翡翠绿色，还有银杏黄砸入挡风玻璃，在我的脸上画出一张张飞动的彩图。阳光洒在低矮的花簇上，一抹抹斑斓又闯入我的眼帘，夺走了我的视线，让我走了神。

拐弯处，一棵枫树迎面向我扑来，树上间杂着赤、橙、黄、绿的树叶，它们簇拥成一团，绿色的叶子不去陪衬那红花倒跑到顶上争奇斗艳。还有的叶子染上了两个或三个颜色，难道这枫树是人工插的枝子？北京香山的红叶为什么像一片燃烧的晚霞？噢，原来我们的祖国是红色的东方，温哥华有着世界上屈指可数的特殊地理气候，温带雨林低陆平原。

极目远望，"啊，富士山！"坐在副驾的爱人惊叫。"爸爸小心，前面撞山啦！"后座的儿子也惊叫一声。我下意识地点了一脚刹车，刹那间我也惊愕了，我感到那山那树，甚至白云都停了脚步。太阳和落叶也停了下来，连不息的时间也凝固了。一切都融入了一幅生生不息、无与伦比的秋的画卷里。画的中央是那峻洁的"富士山"——美国境内的贝克雪山。我好像看到一位金发女郎，驾着一辆敞篷车从山下橙黄色田野中的小径疾驶，金发拂动秋色，蔚为壮观。"停车坐爱枫林晚"，杜牧的《山行》描写的可能就是此时的情境。只可惜杜牧、李白当年没有乘云来到温哥华。凡·高也该遗憾没随船来到美洲大陆感受此情此景。正在走神中，后面一声汽笛的催促让我从恍惚中惊醒，一脚油门，我奔向采摘园去了。

"结庐在人境，而无车马喧。"这是陶渊明《饮酒》中的诗句。陶渊明隐于世外桃源一草庐，自饮自醉，悠然自得。北京熙熙攘攘的街巷、车流拥堵、人流接踵、高楼鳞次栉比，我们过着市井生活的景象常常飘在我的梦中。此时，我们一家已移居加拿大一年多了。我大概也是逃避闹市的吧，来到世界最宜居城市之一的温哥华，我也有点陶渊明的"悠然见南山"的情结。

我抱着孩子坐在采摘园的四轮观光马车上，车走了不到十分钟就停在瓜地边，看到巨大的橘黄色的瓜卧在湿润的田地里酣睡着。这是真瓜吗？儿子过去拍了一巴掌，没见那瓜动窝，又用脚碰了一下，还没动。我过去仔细察看，瓜蒂连着瓜秧，确是真的瓜，足有二百多斤。加拿大人烟稀少，谁家能吃这么大的瓜呀！

"采菊东篱下，悠然见南山"，陶渊明采了几株野菊花，抬头望见气势雄伟的庐山而悠然自得，而我采瓜畅然见雪山，亦美哉乐哉！

浓艳的晚霞把橘黄、赭红、淡紫、青灰涂满天空，斜阳透过高大的杨树，将五彩的霞光筛成彩色的叶影，散落在茫茫的秋色大地上。我驱车碾在斑驳的树影上，看着霞光泼洒在雪山上，绘出的一幅幅绮丽的图画，感觉好似在梦境中……

2012年春节作，2020年秋修改

冬日的温哥华

　　瑟瑟的秋风吹扫着斑斓的枫叶，像破碎的浪花在地面上翻滚着。我走出图书馆顺阶而下，一脚即将踩到一片飘舞的叶片，戛然止住脚步，后面的腿一蹬，堪堪跳到路边。极目远眺晶蓝的天空，天高云淡。

　　下午五点钟，暮色已至，我正要起身看顾外面玩耍的孩子，就听后院传出清脆的如撒豆击铁板般的声音。哦！下雨了……雨滴落在后院的阳光板上，节奏由叮、当二分音符渐渐地弹奏出四分八分音符，雨越下越紧。午夜，孩子起夜一脚踩在我枕头上，我醒了，爱人也醒了，我打开台灯，看见外面雨还在下，听声音没有停的迹象，我爱人望望窗外，迷迷糊糊地嘟囔了一句："看来冬天又到了。"今年是我们移居温哥华的第三个冬天。

　　没来加拿大之前，我为选择移民后定居的城市，买了不少书和光盘。风光旖旎、四季如春、冬暖夏凉，是描述温哥华这个适宜人类居住的城市最常用的词句。2010年年初我们全家首次来到温哥华，正值奥运会期间，阴霾笼罩着天空，淫雨连绵，整整一周没见过太阳。本想着国外的月亮会更加明亮，只可惜这个美丽的织女害羞掩面，苦了我这牛郎汉。我虽然身体很健康，但这淫雨低云的天气压得我总想跳出云层，这样的天气，真不如北京冬天刺骨的寒风、干冷的空气那么爽快。我和夫人商量后立即订了去多伦多的机票。

　　当飞机刺破云层时，我立即奔向舷窗搜寻太阳。看到湛蓝无垠的天空，我那似乎发霉的皮肤立刻干爽起来。我的眼睛像嗷嗷待哺的婴孩吸吮乳汁一样吞噬着阳光，当一缕耀眼的阳光刺入我眼眸的瞬间，我兴奋地欠起身来——真想扑出窗外捕捉到它。

　　走出多伦多机场，干冷的气候很像北京，同路人告诉我今年是暖冬，通常二月初的气温零下二十多摄氏度是正常的，有时零下三十多摄氏度。抬头看一眼太阳，那耀眼冰冷的感觉像是到了月宫。路上到处都是盐粒，路边都是盐融化后花白的瘢痕。我们在此逗留了十天，遇见了两场小雪，凄凉的冬日！据说每年多半年都是这样。这天气比北京的还可怕，我们顿时决定买票返回温哥华。飞机到了温哥华，温暖湿润的空气使我干皱的皮肤顿时舒缓多了。

来到渔人码头，正逢周末，几株类似丁香的花在停车场中央绽放着，我疑惑地走近花树，果然闻到了丁香花味，香得刺鼻。现在我家也有一株同样的树，至今我也不知其名。此刻正是国内春节，比北京纬度还高的温哥华却春意盎然。再看沿廊桥鱼贯而下的人群，有的穿皮上衣，也有穿T恤衫的，真是什么打扮的都有。抬头仰望乌云密布的天空，太阳好像想挤破乌云冲向大地。一只海鸥立在路灯上好像空中警察，不时地向下看一眼，好像在看我，大概是看我眼生，或是看我穿得太厚不对劲？我赶快给夫人和两个儿子拍了一张与海鸥的合影。

我在温哥华住了两个完整的冬天，可以说，2010年的冬天我是在新奇体验中度过的。漫长的冬季将近半年，一场雨也下了半年。不时地还会雨、雪、冰交加，太阳也找机会从云缝钻下来，大概是怕被忘记吧。过了两个冬天，我似乎才感到温哥华的冬对春的厚爱。似乎是贝多芬命运交响曲的序曲，只有漫长才有力量。大提琴的沉闷像低沉的云，小提琴声则像雪，而小号高亢的声音像那一缕耀眼的阳光，刺透了人们压抑的胸膛，点亮了春。

我真想到北温的森林中问问冬眠的黑熊，你感觉冬天漫长吗？熊会说："我还没睡够呢，你急什么呀？"我又想钻到地下面问问郁金香："你饱尝滋润了吗？"它说："没有恒久的忍耐来积蓄泥土的爱，我怎能在春天绽放那么美丽的花朵呢？"怪不得温哥华的郁金香花朵那么大。噢，我突然明白了，恒久的忍耐是宇宙的法则。忍耐是爱，是大地给郁金香的乳汁，当它慢慢地吮吸时，它也在积蓄力量，当春来的时候它厚积薄发，慢慢地顶破泥土绽开笑脸。忍耐生老练，老练生盼望，盼望使我们在漫长的冬月得到了温情和美的感受。

温哥华年复一年的冬季磨砺出温哥华人温和的性情、不急不躁的语速、永远微笑的表情，交谈起来是那样的慈爱、友善、和蔼。随身的衣着多彩却不张扬，不会把衣服名牌标签贴得那么醒目，不会开着奔驰、宝马炫耀。西餐馆的装饰简洁环保，就连满街的电线杆都是表面斑驳的原木。真是天、物、人合一。如此的完美和谐，这一切大概就是温哥华的冬的杰作。

2012年4月于温哥华

烟酒茶温哥华

在一个悠闲的周末，我邀请了几位朋友到我新家不远处的后院茶座喝茶。后院坐落在一条茂密森林中的小溪畔。林中有松柏、杨树，当然秋天最有色彩的是枫树，多种灌木驳杂；还有荷花、无名的野花遍及溪畔。温润的秋日碧空湛蓝通透，在林中举目仰望，碧空清丽耀眼，流云被松枝划破后旋即复合，犹如观看巨型环幕3D风景大片。枫叶斑斓，红黄绿三色叶片犹如人工浸色。枫叶婆娑，树影飘动在人们的脸上、桌子上和草地上。

茶座是从北京海运过来的，硕大的杉木根雕茶海需四个壮汉才能挪动，花梨木灯笼茶凳和青瓷茶具相得益彰。客人纷至沓来，落座，朋友来自五湖四海，大陆西北、东南还有中国台湾。朋友都是各界成功人士，有企业家、学者、政客等。茶座、黄皮肤华人掩映在欧式别墅和丛林间，朋友们轻松的欢笑、恣意的神情、西湖龙井的清香和溪水潺潺的氤氲弥漫升腾，溢满温哥华而后飞向遥远的家乡。

我端着咖啡壶依次给每位满上茶，一位姓赵的朋友端着空茶杯手指着我手上的壶说："唉，哥们，不是喝茶吗？怎么改咖啡啦？"

"我说赵哥，看壶里的水色儿像咖啡吗？是地道的安溪铁观音。"我给赵哥斟着茶回答。

没等我说完，季老兄接着说："老张就是会琢磨，国内他琢磨的新产品赚了不少钱，这回他一壶两用又省了不少钱，你沏的茶味儿对吗？得用紫砂壶呀，咖啡壶怎么'沏'茶呢？"

赵哥抿了一口茶说："你还别说，这茶品起来温、润、雅，不涩不苦，比较有温哥华风情。"

"赵哥懂茶，你知道辩证唯物主义和形而上学唯物主义区别在哪儿吗？就在于是否承认变化，这是黑格尔的哲学，中国人说'与时俱进'。我刚来温哥华，沏铁观音也用紫砂壶，循什么'关公巡城''韩信点兵'之道，沏得茶水

11

从壶盖溢满四流，沏出茶来苦、涩、浓香，只喝三泡茶我就换茶，第四泡都觉得没味了。在温哥华待了不到两年，就觉得喝头三泡茶苦涩有余，清香不足，三巡过后苦涩味渐退香气适中，我最多沏过八泡。用咖啡壶沏茶不是我的发明，我在美国旅游时住宾馆，发现桌子上摆着两袋咖啡、两袋粉末状茶，而壶只有一把，必定是用沏咖啡的壶沏茶，沏了几杯茶效果不错。回到家我试一下沏咱们的片状茶效果极佳。这种方法的原理是用汽化后的高温水短时间喷淋在茶叶上，由于浸泡时间短冲出的茶味道清香宜口。这种沏茶方法，沏头三泡不苦，后三泡不淡。"

"这种沏茶法是不是沏不透茶呀？"年轻朋友小李端起茶杯在鼻子底下边转边闻问。

赵哥接茬儿说："我也有过这种感觉，我来这不到三年，喝茶越喝口越轻，现在我沏茶放半壶茶叶能喝七八回。沏茶要快冲，沏不透的茶呀余味无穷，沏透的泡茶涩舌不回甘，没回味。我发现我喝茶有点口高了。"

所谓品茶口高，是指品出茶枝顶尖嫩叶的茶香，茶树枝上头三个芽最嫩，沏出茶来清香。神清心静方可品出这般清香，所谓心入禅境方可品茗，这种境界称为高。赵哥祖籍四川，他在四川生意兴隆，忙得脚不沾地，天天心如火燎，虽身处峨眉却心无禅意。常常打麻将时喝几杯上等峨眉毛尖却只是解解渴，真是糟蹋好茶，喝了半辈子茶也没喝出感觉。来温哥华移民不到三年，他喝茶居然喝出清、雅、静，喝出禅意了。

茶味中的清、苦、涩、香来自茶的成分，其中刺激神经兴奋的是咖啡碱和黄烷醇类化合物。春天茶尖部芽头兴奋成分含量低，苦涩味轻，虽然香气不浓，但淡淡的清香醒脑提神，如果性急或口味重是品不出来的，茶可以清心，清心可以品茗就是这个道理。秋季茶叶味苦涩重，香气被淹没，刺激性强，可以缓解疲劳。苏轼有句诗："酒困路长惟欲睡，日高人渴漫思茶。"酒困日高思的定是苦涩的晚秋茶，可见茶趣茶瘾乃心情气候使然。

"你看我抽烟也有这种感觉，在国内我自己一天抽两包，刚来这儿的时候每天一包半。来这儿不到两年，平时想不起烟来，现在也就凑一块聊天跟着抽一根。"季兄边吸着烟边说。

赵兄在露台上端着茶杯溜达着说："我在国内抽云烟，烤烟劲冲。洋烟太柔没劲，摆摆样子还可以，很少抽。到了温哥华，抽洋烟感觉不错，平时还是想不起来抽，在这省了不少烟钱。"

低头不语的老李端着一杯红葡萄酒，看着大家聊烟茶，闭着嘴，嘴不停地动，好像含着什么。老李会品红酒，红酒在他口腔里转呢，酒从舌尖转到舌根部，再沿着两腮挤至舌上部，缓缓流入喉咙。"老李，怎么自斟自饮地喝起酒啦？"我抬眼投过目光问了一句。

老李来自酒都四川宜宾——五粮液、泸州老窖的故乡，他的祖辈家家都会造酒，就好比北方家家都会腌咸菜一样。自然，老李酒量不凡，老李曾任某大学教授，论品酒级别，非醉鬼级也堪称酒鬼级。我们是同行，都教物理，因曾在成都开会而相识，他主我宾。他招待我们两位老师，他的酒量，不愧是酒神李白的传人，相传李白斗酒诗百篇，我们这位老兄无酒不开篇，开篇酒不离唇边，峨眉山的猴子，都江堰的庙，乐山的油鸭，宜宾的面，不觉中，三人喝了两瓶老窖。我们两年前邂逅于温哥华一家华人超市，我一眼便认出他，仿佛浓香老窖即刻回味，可是那天吃的什么饭穿肠而过了，倒应验了李白诗句"古来圣贤皆寂寞，唯有饮者留其名"，饮酒的记忆远胜过吃餐的记忆。

老李举了举食指和中指之间的高脚杯说："先酒后茶。"

"还挺讲究！"老季回答一句。

老李紧接着说："在温哥华没什么讲究啦，喝红酒图个趣儿，意不在酒。记得五年前来到温哥华，花前月下西向望着家乡，把酒金樽空对月，无亲无友将进酒，独饮寂销离别愁。"

来到温哥华的中年人，尤其是男人都有"鱼儿上岸"的尴尬。远离事业、美食、亲友、忙碌、喧嚣，浑身解数无用武之地。朝茶暮酒混日子，四十度的洋酒不解愁，都爱喝五十六度的北京二锅头。

"我现在喝四十度的朗姆酒很舒服，因为我发现温哥华温润的气候、人们的步调节奏、说话声调、亲朋情感、挣钱的欲望、建筑装饰色调以及排队时彼此的间距都差不多四十度。"老李视线聚焦在手捧着的落在桌子上的酒杯上，好像看着讲稿讲课似的说。

"老李真是教物理出身，什么都能量化。桌子上的朗姆酒不喝，你怎么喝上葡萄酒啦？"季兄又来了一句。

"这不是冰酒吗，加拿大特产。实话说，我现在都想不起来喝酒，酒瘾没了，有时候夫人倒杯五粮液让我陪她喝。不过只要一回国，下了飞机酒瘾就来了，第一件事就是到饭店喝一顿、涮一顿。"老李接茬儿说。

我接着说："我的一位同行朋友，他在国内不抽烟睡不着觉，可是怪了，到了温哥华他就会忘记吸烟，他说'回国就想烟酒和饭桌，到了温哥华想螃蟹和我的宾利车'。他觉得一吸加拿大的富氧空气就直抵肺腑沁人心脾，冲刷肺叶畅快淋漓，像搔痒的感觉。"

温哥华气候温润，人清水澈，不卑不亢，不比不显，不急不慢，不贫不富，自然茶高，酒淡，烟轻。听大家议论的主题，大多数是温哥华改变了我们在国内的生活习惯。是的，温哥华就像一泓温泉，无论什么人沉进去都会被温润融化。假若你是一位赫赫有名的大明星，在温哥华夜空硕大的月亮和点点的繁星俯视下也会自然地融入普通人的群体，享受凡世间的生活。不必戴着遮住半张脸的墨镜，更不必名牌加身地招摇过市。温哥华以灰色为主色调涂抹人们的心境如朦胧中的秋色。假若你是一位身无分文的难民，你也能和普通人一样坐在星巴克端着一杯咖啡，你也会在游泳池里和富豪们共击一水。

我们温馨的笑语声中夹杂着烟、酒、茶的氤氲，乘着暮秋的翅膀飞到云翳间。围着餐桌我们都矜持地端起一杯酒轻轻地一碰，感谢现在的美好生活，干杯。随着碰杯声，亲情、友情、思乡情像电流般传遍我们周身，令人惬意缠绵。

2013年11月于温哥华

灰色调的温哥华

有一次我从温哥华机场接一家来旅游的国内朋友，他上车就说："机场不大，路上怎么也不铺上大理石，不是加拿大产大理石吗？"我回答："温哥华机场在北美排名第一，老外不喜欢在路上铺大理石，你没看都是水泥刮出点毛茬铺的便道吗？但很结实，大卡车都碾不坏。"

我曾在北京印刷学院教物理，研究过视觉光学和印刷色彩学，研究印刷品怎样的色彩搭配使人观看舒服，感觉美。这门学问不仅是物理光学问题，它还涉及历史、地理、气候、人的性格、食物、水质等多种因素。你要设身处地体会一段时间才会感觉到，这些因素不同的搭配都会产生不同美的组合。城市丰富多彩的环境下，人们却会更多追求自然素雅，而贫困地区生活单调，人们反而喜欢用多彩的饰品来补充。其实我们发现，在哪儿生活惯了哪儿美，人们生活在现代化环境里同时会想回到儿时的乡村，买间房寻找记忆中的美，到了加拿大也有同样体会。

从视觉感官上人们怎样感觉既舒服又美呢？其实舒服是精神放松带动身体放松的感觉，舒服是和谐的表现，而不是一两眼能看得出来的。和谐并不是人可以追求能够达到的，和谐是自然与人为的结合，当人们融入自然，就成为与自然和谐之子。千百年来，人们在对美的追求及变化过程中发现，人们美的观念只是在一个旋涡打转，却没有逃脱对美本真的感觉，最后可能只是绕圈子。

温哥华建筑大多数以灰色调为主，但人们的服装花色鲜艳斑斓，他们不喝高度酒，不吸烈性烟，但肉吃得多，这些衣着、食品形成互补。灰色调的建筑不夺天公之美，白云挂在蓝色的穹幕上做出各种姿态，好似和人在交流。加拿大百姓常常手捧着咖啡，仰着头漫无目标地发呆或环视，我想他们在和自然交流。就连黛青色山林也不与蓝天白云争奇斗艳，而是和谐共存。当人们自然地观望时，映入眼帘的全是自然景色。但是当人们的视线转向物体，会看到五颜六色的服装、花、汽车及室内用具等。加拿大人历来生活丰裕，气候宜人，山美水也美，他们不需要用纯色的高大显眼的建筑丰富生活，也不需要高度酒精饮品和烈性烟刺激感官。

我想将来有一天，北京每天的苍穹都是欧派克蓝的时候，人们也会把建筑涂成土灰色。乡村的人们富裕起来的时候，他们也会追求原木本色的家具、灰色的墙。

2021年5月于温哥华

灰色四月

春天宅在家里，享受屋里屋外、房前房后花园与世隔绝，寄情山水的陶渊明式的生活，花前月下赏芳，极目北眺，夕阳下的残雪败给了簇拥团团的樱花，悠然间我也有份寂寥浑然。我每天把时间填得密密麻麻，我相信适度的放松有利于健康，偶尔空出去买些食品，到街上公园赏景锻炼，调节一下心情。

每年春天拍照是我在温哥华生活最享受的趣事。温哥华是地球上最美的大花园，是低陆平原，有地球上罕见的温带雨林气候，它集雪山、森林、湖泊及如织的河流于一隅。温哥华是世界上族裔移民最多的城市之一，并且建筑类型具有各族群特色，温哥华很多花的种类我在国内都没见过。每年赏春品秋都是我养精蓄锐的好时节，今年的春也不想错过。

盛春四月天，我背着相机扛着三脚架采春色，给宅闷的心放飞一下。可是支上相机，镜头怎么都捕捉不到让我想按下快门的画面，勉强拍了一些后几乎又选择删掉了。删掉照片的原因是我在画面里找不到感觉，找不到构图韵味，找不到色彩的情调，找不到画面与内心的共鸣。似乎我的心与大自然脱节了，我的心情没有一片花瓣一片树叶能帮我表达，一草一木不跟我交流，怎能拍出它们的诉说、喜乐、哀怨？

我在北京印刷学院教物理，色彩学是我们学院的一门课程，物理光学部分侧重色彩学。棱镜下的赤橙黄绿青蓝紫映在感光胶片上形成统一的色标，色标样本也不完全一致。同一棱镜下，不同的感光胶和胶片基材冲洗出来的颜色不同。用同一张胶片把色标用不同的油墨印在不同的纸张上，肉眼看出的颜色也不相同，这种效果称之为色差。同理，我们的眼睛晶状体是透镜，视网膜是记录载体，大脑通过它感知颜色。人身体和精神状况都会影响到晶状体细胞组成及结构，从而影响焦距和光线的穿透性，影响视网膜对颜色的感知及大脑的反应。

　　人对色彩的感觉是复杂的，因人、地域环境、历史记忆、天气等诸多因素而异，也因食物、心情等的影响随时变化。

　　有一次我陪着一位煤老板在北京买房，带他到香山附近看豪华别墅，这是每日为生活奔波、忙碌于职场之中的北京人最向往的区域，他看了说："这地方的房子没什么特别的，俺老家那绿水青山到处都是。我就喜欢长安街边上的房子。"最终他买了繁华热闹的二环附近的公寓。他的选择表现出美的互补性，记忆中的黛青和现实的霓虹构成了完整的色彩世界。土黄色的农民百姓喜欢大红大绿的服饰，而一、二线城市的人们喜欢中性色彩，也称之为灰色。人的心情与色彩同样是互补关系，心情暗淡时用强烈的色彩补充，而心情热烈的时候走进森林，仿佛一片残叶都是艺术品……

　　四月天，久宅在家的温哥华人，每天看着房前屋后不变的赤橙黄绿青蓝紫，走到哪都找不到互补的色调，美就消失了。然而当你朝九晚五、披星戴月下班后，抽出些许时间去踏春赏花时，就能感受到万物的美好了，仿佛一棵躺在树林里的枯树在你的镜头里都是艺术品。

2020年4月于温哥华

居四年为故乡

今年春节期间，我参加"菲沙河谷居委会华人社团"在素里市举办的新春联欢会。同桌几位聊天，"听您口音是北京的？"一位板寸间杂白发的中年男士吃着水果问我。"嗯，北京出生，祖籍山东。"我客套地应对了一句。"那咱们算是老乡，我来加拿大前在北京住过四年多。"他用乡亲的口吻对我说。健谈的他一连串道出北京亲切熟悉的风味名吃、胡同街巷、名胜古迹、戏院茶馆等。

我在温哥华见到过无数操着非标准普通话的北京人，有些人在北京上过大学，有些人只是在北京工作过几年，还有的小时候在北京住过但他们都说是北京人。起初我刚来温哥华时看到这些老乡，我想他们把北京说成故乡可能是告诉人们，我是来自首都而非小城市，或者是说北京世人皆知，免去解释具体是哪省哪市的烦琐。去年我去美国夏威夷旅游，导游开车接我们，他操着有广东口音的普通话问我们是哪里人，我说我们来自加拿大温哥华。我反问他来夏威夷几年了，他说他来美国二十来年，到夏威夷十多年了。他接着问："您是来自哪个城市？"我回答："是北京的，移民到温哥华。"我心里其实更想告诉他，我是来自加拿大，并且是华人聚集地温哥华的和你一样身份的华人。我想人们出于攀比和嫉妒的心理，都想有出身名门名地的心理，这些都是不言而喻的，但是由此我在思考一个问题，人在一个地方生活多长时间才可以称之为故乡呢？

周作人在《故乡的野菜》一文首句："我的故乡不止一个，凡我住过的地方都是故乡。"我的履历很简单，在北京住了五十年，搬到温哥华五年多，那我的故乡只有两个，北京和温哥华，上述这些朋友自称北京人自然颇有道理。莫言在《故乡往事》道出："故乡留给我印象，是我小说中的灵魂，故乡的土地与河流、飞禽与走兽……"我在温哥华弃理从文写了几篇散文，我文中的灵魂都挂在温哥华，但心系北京，那温哥华也是我的故乡啦。季羡林在散文《月是故乡明》中感慨地道出："每个人都有个故乡，人人的故乡都有个月亮。"我记得来温哥华之前，给我印象最深的不是和我夜夜相伴五十年的北京的月亮，而是曾在四川峨眉山清音阁听到的"吼叫月亮"。记得那是一个夏日的午夜，在峨眉山腰间的驿站清音阁，朦胧的山影月光华盖，我和夫人游玩了一整天，冲个凉准备走下木楼，刚拐到后院就听到呜呜……隆隆……水的倾泻声。我们寻着水声走过去，青碧的月光跟随着我们的脚踪，我一抬脚影子就向前冲一下，脚一落影子随即被踩到脚下。当我们走到一排齐胸高的铁栏杆处，看到一条宽约两丈深不可测的沟，下端是个洞。我听见"哗轰……哗轰……"翻滚的水团好像失脚落入深渊的声音，探头看一眼皎洁的月光照在翻滚的水流和飞沫上反射出炫目的光影。我驻足仰望皓月，又俯视一眼破碎的月光，好像我听到了月亮的吼叫声，这声音似乎是从月宫落下，把我的魂魄从大脑穿过胸膛顺着腿直接落入沟底。我的双腿发软，小腹紧缩，倒退着离开栏杆，我爱人探了一下头，抓住我的腰，躲在我背后，没敢多看一眼。我去过两次峨眉山，都在清音阁住了一宿，峨眉山算是我的第二故乡吗？

看来故乡的概念因人而异，每个人都有自己对故乡的感受和体会，享受其过程使我们的人生感到充实和快乐。

记得2010年我们全家第一次来到温哥华时，恰逢温哥华冬奥会期间，接待我的经纪人带着我们办理各种手续。他开着车在Richmond（列治文Richmond，位于加拿大不列颠哥伦比亚省温哥华地区的太平洋沿岸，地处加拿大西部海岸的中央，是一个风情独特、文化多元的岛城）转来转去，我坐在车上看见路牌就想记住名字，可是路牌上英文字母就是不往我脑子里去，路边的建筑大多以灰色为主调，样子又长得都差不多，转了半天我就记住了No.3。冬日温哥华阴雨连绵，我总觉得云翳灌顶，我问经纪人什么时候才能晴天，他说温哥华冬季是雨季，百分之七十的时间在下雨，他接着说："你在这待五年左右就习惯了，我刚从美国加州来这也受不了，现在感觉这比加州好，加州太干燥了。"人们常说七年之痒，到温哥华变成五年了？

半年后我们举家搬迁，在温哥华买了一栋独立屋，原屋主是一对韩国老夫妇。房子前后都有花园，宽大敞亮、繁花似锦，原来只有在北京公园里才有的大玉兰花树正对着主卧的窗子，我躺在主卧床上正好看见花团锦簇的树冠。屋子内两间中式风格方方正正的大厅，正配我的红木家具。"这个厅叫什么来着？"我问爱人。"Living room，就是咱们的客厅，这个厅和咱们北京房子的厅宽窄差不多，但长出一个沙发来。"夫人边整理沙发边回答我。住进新房后我和夫人都习惯聊一个话题，总是把这儿的房子和北京的房子做对比。常理说睹物生情，我在这儿看见什么，脑子里立刻就闪现出在北京同样的东西和情景，总是情归故里情寄北京。这和出国旅游的时候感觉恰恰相反，有一年，我们去澳大利亚住在家庭旅馆里，看到什么都新鲜，满脑子全是西式餐桌、沙发、镀金花玻璃的落地灯，还有繁花烂漫的花园，当时我仿佛把北京的家忘得一干二净。我们第一次来到温哥华时也住在家庭旅馆，那时同样是游客心态，这次把家搬到温哥华，心态就变了，真奇怪。

我们住下后慢慢地深入了解加拿大的生活。加拿大的房子都是开放式厨房，看着比北京的房子宽敞明亮，可是炒菜炝锅时油烟四起都能溢到客厅里来，电炉子火力不够也不能爆炒，炒出的菜像熬菜。后来我们学着用烤箱做饭，但是烤出的比萨、薯条怎么也不如店里买的好吃。门外街上空寂无人，各家"门可罗雀"，偶尔我见车嗖地从窗前掠过却不见人影。我每天看见的乌鸦比人还多，乌鸦站在屋顶上不时地"啊啊"叫几声，我听着觉得一阵阵丧气劲儿。我偶尔在街上见到老外，他们都非常自然地微笑着用圆润的嗓音道一声"早上好"之类的问候，我不自然地在脸上堆出笑颜紧张地"嗨"一声。

走出院门我沿着街看看，我们这条街约有500米长，路宽大概能排四辆车，道路两边停着车，中间还能凑合着错车。我跟夫人说这条街要是在咱们北京海淀区能盖十栋楼，有两千多户住五六千人，街上还能盖两排门脸房。我夫人回答一句："盖一排门脸房东西卖给谁去，总共也没有几十号人"。我们到了大统华超市，我的大脑立刻开始进入计算状态，好在我是学物理的，数学当然也是强项。我一看大白菜七毛八一磅，跟夫人说："乘以六块三大概五块人民币一斤。"夫人说："你算磅折合多少斤了吗？""呦，一磅才九两多，五块打不住了。"我愕然地回答。"咱们那儿就是冬天菜最贵的时候白菜也就一块二一斤。"我夫人边看着别的菜边说。

语言不通是我感觉不适应的最大问题。我安顿好家后即刻报英语班，通过了入学测试，可是到课堂上几乎一句完整的句子都听不懂。老师讲的内容很简单，我看笔记全都懂，这些内容在国内学英语时都是初级内容。尤其是我们老师讲印度味英语，语速又快，我听着像犯高血压似的感觉。同样我的小儿子上学前班也不会说英语，他只能和说中文的孩子玩。我们到麦当劳我和夫人一起试图点一份薯条、两个汉堡、一杯饮料和一杯咖啡，结果拿到的全不对，这些倒好办，"吃不了兜着走"。

那时我每天像在国内一样看中央电视台《新闻联播》和北京台新闻。因为温哥华的英语电视节目我看不懂也觉得没意思，他们不播什么大事，国内国际形势之类的节目，大都是即时新闻和谈话类节目。我几乎每天都和国内通电话，和亲朋交流温哥华与北京的异同，好在包月电话费很便宜。我儿子经常和他北京幼儿园的同学QQ视频。我关心北京的天气胜于温哥华的，不看完北京新闻最后的天气预报，不会关电视。我的心思和意念很长时间里仍停留在北京。

我们无论去哪都必用导航，要不都找不到回家的路。有一次从图书馆出来，走到152街导航还没提示，这导致我拐错了方向，一路上了Pattullo桥（Pattullo大桥是一座位于加拿大不列颠哥伦比亚省温哥华地区的桥梁，连接新西敏市和素里市）跑到另一座城市去了，后来听导航的转了一大圈多用了半个多小时才绕回来。有一次我开车到市中心，一个挨一个的路口特别近，最后导航都晕了我也蒙了，我只能凭感觉走。我一个右转弯迎面撞上对方的车头，对方司机用手反复向我指，我一看两路车都对着我，才知道我逆行驶入单行线了，我只好找个院子拐进去再掉头。

我来温哥华之前就知道温哥华是地球上最宜居的城市之一。有一次，我站在温哥华松鸡山观景台处，俯视市区景色。温哥华的水系像一棵横卧的巨树，两支菲沙河支流好比两棵并蒂树，落基山脉溪水是它们的根系，河水又生出许多分支将大温哥华地区分割成无数岛屿和半岛。潺潺的菲沙河水承载着船只也润泽着两岸的土地和人们，海、河、雪山氤氲着人们的笑脸，温润着男女老少不同肤色居民的性情。我站在院前的路上向北望去，我的视线扫过葱茏的松柏、黛青的山峦，越过耸立的雪山、高旷的蓝天……我好像看到了一幅美丽的画卷，一缕流云揉开了我的双眸，我回到了人间。我感慨道：真是秀美的温哥华啊！

我们到餐馆吃饭，温哥华饭店的价格与北京中档饭店价格相当，但是对于这里吃饭要付小费，我心里总是感到不舒服。关于小费付多少，按税前的还是税后价，我问过几个人，答案不一致，总之我总想找到付最少小费的方式。华人在加拿大吃饭大都采用AA制，这点让我很认可。可是这儿的饭菜味道偏粤式风味，而且各家饭店味道相似，这又使我感到不过瘾。我在温哥华的海鲜酒家就想起了北京的金悦海鲜，看到老四川饭馆就想起在四川双流镇上的辣子鱼，它仿佛立刻火烧我的舌头。我和夫人都习惯吃的汉堡包就忍不住和北京的火烧比较，吃希腊餐就想起了新疆的拉条子，喝墨西哥的汤不禁想和北京的豆汁比较。在温哥华吃什么都觉得不对味或味不正，好在吃自家做的北京炸酱面让我有几分家的感觉。

时间这个东西很有意思，人们看不见摸不着也不知它从哪儿来到哪儿去。它和人、事、物永远相伴，有人恨它长，有人憎它短，有人盼它快，有人望它慢。时间有无限的承载力，承载了人的爱恨情仇和历史沧桑。但是它更像一片云翳，流逝着涂抹、冲淡人的一切记忆、爱恨情仇，更神奇的是它会稀释人的恶、恨和龌龊，经过时间的洗刷，善、爱和美好都会被淘漉出来。

随着我们在温哥华度过两三年时光，我的不适应感觉渐渐褪去，逐渐适应了很多。我看着雪山大海不再惊奇，走过大街小巷也不再迷路，甚至有的地方能知道用几分钟就能到达。森林里的小路我也大概知道从哪儿拐到哪儿，买东西能分辨出各个名称的区别，也能张开口说出几个完整的词甚至完整的句子。买东西的时候我不会下意识地再把加元与人民币换算了，只是高价的物品会想一想折合人民币多少钱，看是在这儿买更合适还是回国再买更划算。

这儿的乌鸦骄傲得很，你不触碰到它，它是不会跳开的。我经常靠近乌鸦仔细观察，它乌亮的羽毛简直没有其他准确的词汇形容，"乌鸦一般黑"早已作为专用描述黑的词。它走起来扭着优雅的身子，脖子随着伸缩的样子，它若再拄个手杖简直像位英国绅士。松鼠是我们家的常客，它和鸟儿们争抢我挂在后院鸟食罐的食物，可有意思了。除了动物朋友，我们也建立起各种朋友圈，英语班同学圈、孩子家长圈、街坊邻里圈还有华人兄弟姊妹圈等。我和国内通电话渐渐地也少了，没有时间关心北京的天气了，除了偶尔看国内电视剧，北京新闻也不常看了，偶尔看看《新闻联播》。

国内来了朋友，我们也能做几道用烤箱烤的食物，给朋友介绍起温哥华就跟当年给外地亲戚介绍北京差不多。比如：温哥华的旅游景点哪些店价格便宜，哪里可以打折；周几买东西合适，车停在哪免费等，我不能说门儿清，至少知道怎么查找相关信息。

记得我们在温哥华居住的第四年回国探亲，回到我们原来住过十年的大院。院内花园依旧美丽，只是楼有些褪色，我依然感到亲切熟悉，但是心中的家仿佛已系在温哥华，此地为第二故乡了。

有一天，英语班的同学朋友们在我家聚餐，我的一位同学说出了憋在心里两年多的话："老弟你怎么不回流呀？"我说："我们全家在这好好的，干吗回流啊？"她用感叹的口气说："唉，实话说吧，我早就看上你们家的全套红木家具了，我跟老公说你在这待四年左右可能回流，到时候就买下你的家具，你没看网上回流处理家具的信息吗？""噢，你看我像回流的样子吗？温哥华现在是我的家，是我人生中第二个故乡。"我的这位朋友是20世纪70年代移民来到温哥华的，目前已经近四十年了，那时大多和我一样是投资移民，他们的事业大都在原住地，出国四五年适应的就定居，否则坚持不下去的就会回流了。

我现在居住在温哥华已经六年了，回想起这六年，感觉像一段交响曲，演奏的是生活中的万象杂陈，柴米油盐，吃喝游玩，学英语、听讲座、上教会，带孩子学这学那，开车被罚款，碰车修车，等等。乐曲开始就进入高潮，话听不懂路也找不着，哪儿都想体验，买东西就习惯算汇率，车都不会停结果被罚，租客把房门打了个洞不给房租还理直气壮地走了。刚来的时候我大脑总是想起"当当当"贝多芬命运的叩门声。又过了两年，我什么事都基本有谱了，到饭店点餐自如，和租客的对话畅通，总之，大部分事情都能应对自如，生命的旋律从抗争慢慢地进入舒缓平静。在温哥华这几年的生活磨砺了我急躁的性子，不但使我变得温和有耐心，连我的肤色都变得健康红润。我已经像糖溶解到水里，慢慢融进了温哥华，这种感觉大概就是故乡。

2016年3月于温哥华

故乡情怀

春寒料峭，恰逢孩子春假，我一家三口和儿子同学一家三口同乘我家七座旅行车到维多利亚（维多利亚市，位于加拿大西南的温哥华岛的南端，是温哥华岛上最大的城市和海港）度假。我们预订了一套家庭旅馆，并尝试了开车乘轮渡过海。渡船刚到码头，我们还在客舱，我便拨通了店老板的电话："张老板，我们的船正在靠岸。"一个似乎熟悉的口音抢了我的话说："上岸后沿十七号路直走二十多分钟，松山路左拐看见红房子就到了，我在门口等你。"

车拐进房前两道松墙间的停车位，一位身高一米八左右褐红阔脸的中年男人，微笑着边挥动并排的四指边说："再往前点，再来点，好！停。"伸手拉开我的车门，"张先生，咱们是本家，我把房间给您准备好了，一间在二楼，一间在一楼，您先看看房间再搬行李？"我儿子抢先开了后门下车便喊："我想小便"，"儿子赶快咱们上一楼的洗手间"，张老板端起孩子双肩两三步就把孩子撂在卫生间里了。"您是山东人吧？"我问了一句。"青岛的，你山东哪的？""你看出来啦，我莱阳的。"我儿子同学的妈妈四川成都人小李，手扶着门框从车门往下迈着脚，说了一句："俩山东大汉。"他帮我们提两件行李送到二楼我的房间，喘了口气一屁股坐在门口沙发上朝着我说："碰着老乡了，聊几句我再走。""明天出海钓鱼，谁去？"我问。"我去，我就好这活儿，海边长大的。""我听我父亲说他们小的时候上学带的干粮就是大饼夹咸鱼，其实我老家离海挺远的。"他接茬儿说："我爸说过那时山东有的是鱼运不出去，卤海鲜只能往乡下卖。"紧接着他又介绍出海的安全事项。

要是几十年前，甭说在维多利亚，就是在加拿大，山东老乡见老乡那肯定是两眼泪汪汪。我在温哥华住了四年，遇见了不少山东老乡，似乎没什么感觉，怎么到了与温哥华相距百十公里的维多利亚却乡情愈浓呢？我其实生在北京，父亲出生在山东，而母亲是山西人。

我很少说我是北京人，我曾几次带着夫人和孩子到山东老家扫墓叩拜，但只是在出国前才到北京门头沟我出生的地方看过两次。

故乡的概念在我脑子里错乱了。无巧不成书，我的山东情怀也尚未淡漠，晚饭后我端着一杯茶拉过椅子正要坐下，"您到这来玩的？"一位在此居住的学生问我。"噢，孩子放春假来岛上玩两天，你是大学生吧。"他双手握着一只高筒玻璃杯说："我在维多利亚大学读社会学专业，听口音您是北京人吧。""我是北京出生的，算是北京人，小伙子你是哪人呢？""山西太原的，您说您算是北京人，什么意思？""欸，我也是山西人，我妈是祁县的。""噢，祁县到太原修高速了，您长得不像山西人倒像山东人。""父亲是山东人，大概山东血统多一点，我的眼睛随我母亲。"

哪儿是老家，什么是故乡呢？我的七岁小儿子曾经几次问我："我是北京人还是山东人？"我都说："山东人或北京人都行。"有一次他说："我没去过山东老家，我是山东人，我想去。"

第二天出海钓鱼，刚上船张老板便指着前方跟我们说："咱们在岛西边跨过太平洋就是中国了，这儿停的船一半是去中国的，咱们过春节的时候他们的船就都停啦。"我们乘的实际上是一艘满载六人快艇，船发动起来，发动机的抖动导致心里有点恶心。我抓住船篷支柱闭上眼深吸一口气，突然遥远的祖国故乡像前方的小岛般在我脑海里随波飘动，北京、山东、山西在哪儿？船开起来倒觉得平稳了，慢慢心里好受些，我睁开眼看着被船展开的浪潺潺地远去，何方是故乡？

我来温哥华三年多没回去过了，早已决定今年暮秋回国探亲。邂逅老乡触动我的故乡情，大概跟我想回国有关，也可能与我前几天看的一篇周作人的散文《故乡的野菜》有关系，他说："我的故乡不止一个，凡我住过的地方都是故乡。故乡对于我并没有什么特别的情分。"我不理解故乡和情分没有关系，只与住过的地方有关。莫言说故乡是童年的记忆，灵魂寄托在故乡。到底故乡是什么概念呢？

记得有一天我七岁的小儿子放学出教室就问我一个问题："爸爸，我是哪儿的人，是加拿大人还是中国人？"我回答："你当然是中国人啊！不是日本人也不是韩国人。"儿子又问:"那乐乐说他是加拿大人是因为他在加拿大出生的,但他长得也是中国人的样子。"听到孩子的问题,我又回想起二十年前我的一位同事,他的家在安徽安庆,但他总是向别人说他是上海人。故乡难道必须是大城市,是富裕发达的地方吗?

记得又有一次,和一位带着小女儿的国内朋友闲聊,我问起她是国内哪的人,她说:"沈阳的。"她女儿紧接着一句:"山东。"她妈妈面朝下厉声说:"再说是山东的,你就回山东找你爸爸去,我不要你了。"孩子仰着脸噙着泪,双手握住妈妈的手又低下了头。我在想,难道故乡是没有恨的地方吗?

还有一次我们到一个朋友家,正巧碰到她儿子带着女朋友,朋友介绍说:"她也是北京人,北京出生的,我儿子也是北京出生的。找对象还是要找北方的,能过到一起去。"我知道她祖籍河北,丈夫是辽宁人。她讲述了她在北京上学时候的爱情故事,孩子在哪家医院生的,在哪儿上幼儿园等丰富的经历。我又在想,难道故乡是热恋的地方吗?

将近的清明把我对故乡的思绪顺着儿时母亲喊我小名的方向,带到她的冢宅里,那里还有我的父亲。你们在那儿过得好吗?四年前我给你们放的水果点心吃完了吗?父亲,我洒下的酒味儿对不对呀?母亲,我给您的花谢了没有呢?故乡,是父母的冢宅吗?

去年我大学同宿舍的一位同学正好来温哥华开会,我去宾馆看他。他说:"要不是为和你见面,我就不来这么远开这个会了。"我们近二十年没见了,我们回忆起宿舍的位置朝向,谁住在哪个铺位上,还有在浴室互相搓澡的时候他给我背上搓出红印子……件件往事历历在目,好像我们一起度过的不止四年时光。校园、宿舍、浴室好像就是我的故乡,它激荡着知天命之年的我血液沸腾。现在我们家搬到温哥华已经四年零两个月了,比上大学还多两个月。在这儿我看到各种肤色的陌生面孔,却怎么也熟悉不起来,每天见面的邻居就是记不住那些拗口的洋名字。我想,即使再住十年,我仍然是个陌生客人。故乡的概念看来不能用相处的时间长短度量。

在我看来,故乡不是生活的土地,不是相依的时间,不是爱情的纪念碑,更不是炫耀身份的标签。故乡不是痛苦和恨的记忆，故乡是情感容器，是爱的记忆。托马斯·沃尔夫在《一部小说的故事》中说："情感的经历比身体的经历更为重要。"

故乡是爱的情怀，莫言说："故乡是一条永远流动的河"，故乡是将曾经的恨湮灭在时间里而浮出来是爱的河，它裹挟着一生的记忆，将爱恨情仇的顽石撞击成细沙流向大海，沧海桑田滋养着我们一代又一代。故乡曾托着我们的肉身走向终点，又载着我们的灵魂代代传承。

2014年6月于温哥华

中年随想

　　人到中年，随着生理、心理和外界环境的变化，可能会比较迷茫和脆弱。记得有一次，我到医院看一位手术后的同学，进了病房门一眼就看见他躺在窗前那张正对着门的病床上，上下几根管子插在他的身上。他下意识地将头转向门，看见我来了，立即弯起扎着液针的手指向我示意。我三步并作两步走到他床前，握住他的手问："感觉怎么样？"他把氧气罩向上推露出嘴来，让我坐下。我边按摩他的腿边跟他聊，他说："没大事，就是半百的人了一天不如一天。要是年轻的时候，手术完我早就出院了，现在不行，一点力气都没有，心里虽觉得有劲儿，但你看胳膊就是抬不起来。"我还记得上大学时，他打球右臂骨折，打着石膏还玩篮球的情景，真是今非昔比啊。近距离看着他的面容，我觉得好像看到了自己的脸，眼袋低垂隆起，沟壑般的鱼尾纹从眼角散开，突然意识到：人到中年了。

　　五十多岁的中年阶段是人生命长度的中间点。中年之前我们低着头脚掌撑地用力拉车，走的是上坡路，总是嫌走得慢；中年之后昂着头用后脚跟啃着地抵着车，走的是下坡路，总是嫌车走得快。当然，年岁的车轮是自然规律，我们怎能左右呢！20世纪80年代的电影《人到中年》讲述了困难年代的中年人，上有老下有小，事业正在成败的节点上的一些困惑苦楚。那年我大学刚毕业分配到大学当助教，二十岁出头，赶时髦看了这个影片，当年影片中的情节在我心里没激起一点共鸣。电影里的情景倒很像我们身边中年教师的生活，但是我没有看出中年教师的伤感，他们上养老下养小忙得马不停蹄，但我不觉得他们有多难。现在想起来他们都是人，都会有同样的身体感受，他们累且无奈，不说罢了。人到中年身体的感觉是一样的，但心里的感觉却因外界环境不同，走顺了扬眉吐气，走不顺愁眉苦脸。影片讲述人生选择的路阡陌逶迤，让人不知所措。他们不像我们年轻时有闯荡的资本，背着沉重的负担，只能寻找最安全的路径走。

　　老百姓常言三十三大转弯，七十岁古来稀，八十岁为大寿。三十三为中年，是说人在这个岁数命运会发生改变。三十三岁前的我像上了发条的弹簧，一转十几个小时不闲着，只有吃饭时坐会儿沙发。很神奇地到了三十三岁以后，我进家门就想躺沙发，腰腿也感觉不舒服。四十岁以后更是感觉体力一年不如一年，从上楼梯的感觉就能算出每年体力退步多少，男人的雄壮像把尺子，度量着精力衰退的进程。

　　好在岁月无情而故乡有情。在北京时我也经常会到我小时候生活的地方转一圈，虽然那地方拆掉排子房建起了高楼，现已"面目全非"。但是每次过去，眼前似乎还是儿时的街道、建筑、路边的杆杆木木，一张张熟悉的面孔都涌现出来。我一碗豆腐脑加两个麻酱火烧的早餐，多年不改，感觉和昨天一样。

　　正值中年，我背井离乡踏上了加拿大的土地，来到温哥华。葱茏的山、湛蓝的海水、皑皑的雪山，一下子舒展了我的眉纹。来到异国的冲动激发了体内的荷尔蒙、膝盖里的润滑剂，中年的感觉泼洒入无声的烟雨。在温哥华温润的海洋性气候里生活了三四年后，蓝天大海的美景、金发碧眼的姑娘、不同肤色的人等，渐渐地在我心里激不起一丝涟漪了。家乡的山水，黄皮肤黑头发的亲朋，不时在我眼底演绎过去的故事。奇怪的是，故事越向遥远的儿时回忆图像越清晰，越往现在的生活想图像越模糊，而昨天的情景似乎不在故事里，就连昨天吃的什么饭都想不起来。可能人类大脑记忆程序是渐衰式的。特别是吃的，刚来温哥华的时候，我总感觉麦当劳的薯条比国内的香味更正，跑到旋转餐厅、四季酒店吃西餐，特别爱吃的是羊肉饭，感觉简单清爽。我们那时自己还在家学着做西餐，朋友们互相交流西餐的做法。在家乡吃了半辈子的馒头到了这儿我竟然不会做了，折腾了好几周总算把面发起来了，成功蒸出了不瘪的馒头。随着时间的流逝，不知不觉地我看到西餐厅都没有餐厅的感觉了，在邮轮上皇帝蟹、大龙虾即使免费都不去吃。我到处寻找各种地道风味的中餐厅，像烤鸭、水煮鱼、烟笋腊肉、小肥羊等菜品。有一次还真找到了大锅贴饼子炖菜，一下唤醒了我儿时的味觉记忆。有一次一家餐厅搞活动，我没吃免费提供的饭便准备东西要离开，一位熟悉的长者说："张老师不吃饭了，有事？"我说："跟您说实话，我从进餐厅就有点反胃，这不中不洋的饭，炒的青菜都吃不下去。"他说："其实我也不爱吃，真不如回家下碗面。"小孩子来到加拿大很快就融入这儿的饮食文化了，我的小儿子四岁来到加拿大，现在快九年了，他除了北京炸酱面其他中餐几乎不吃，后来还学会了自己亲手做西餐。人有乡音，看来也有乡味（胃）。中年人来到加拿大，半吊子英语永远掺杂着母语，可是骄傲的乡胃一点也容不下西餐。我想在中国长期工作的老外，也一定说着半吊子的中文，更乐意吃汉堡包呢。

其实我的感觉变化不仅仅在饮食方面，偶尔在梦境中都是回到儿时成长的地方。记得二十多年前一位中年朋友跟我说过一句话："你问我昨天的事忘啦，就是问我中午吃的什么我都想不起来，你要问我小学老师叫什么，我立刻能答出。"我当时不理解"时间越近的记忆反倒不如遥远的"。要是有人设计一个记忆时钟，以四十五岁为中间点，此点前记忆的清晰度随时间越远越清晰，越近越模糊，此钟一定热销。

有一次，我开车带一个老朋友去参观另一位朋友花四百多万加元新买的投资房。朋友说："五六年前我鼓动你一起投资炒房，你不投，那时要买下咱们要去的房子才一百多万，现在得赚一个跟头还多半圈。"我移民加拿大时五十岁，知天命之年，不想压缩生活费投资了，更不想为了投资欠下债务。想起二十几年前在北京我连续贷款买了三套房子，我父亲从我哥那儿听说后急得夜里做梦，梦见我还不起债跑了。我跟他说："没事，您放心，大不了还不上贷款再把房子卖了，还能赚钱。"接着我几年后又买了几套房，那时的胆量真是无所畏惧。现在随着年龄越来越大，就喜欢稳定的生活了，不爱冒险投资了。年轻时从不把资产当钱，一说就是，"我就缺钱"，认为股票是股票，房子是房子，钱是钱，两码事。回来的路上，朋友说："哥们儿，温哥华我见到不少投资移民，像你活得这么轻松潇洒，在这一待八年的我还没碰到第二个。"移民后我为了享受家庭生活，转出了我在国内的公司，想在温哥华找个买卖做。我找生意的过程中碰到几位华人小老板。有一位大理石加工厂的老板姓陶，比我小两岁，看他那磨得发白的工装，粗壮的手指已经告诉我老板就是打工的。我问他："你是学什么专业的，干起这个买卖了？""学火箭燃烧的，开始老婆带着孩子在这，我来回跑。这岁数来到这儿，学上不了，英语学不进去，跟一朋友合伙干这个。我也不想干了，哥们儿，大理石太沉搬不动了。"他抽着烟说。他经历的是中年洋危机，在国内造火箭哪有这份急着。这位朋友都不敢跟父母说他在加拿大干这个活儿。

后来陶老板又跟我说了他朋友的故事："我好歹混个家庭团圆，我一位国内朋友也移民在这儿。十年前技术移民落到多伦多，老婆带着上中学的女儿继续上学，他国内国外跑工作。不到三年又生了一个女儿，他只好不走了，嫌多伦多冷现在搬到了温哥华。他需要挣钱，就边学英语边打零工，报纸招工广告上的活都干遍了，就是找不到挣钱多点的工作。他跑到邻省卡尔加里和埃德蒙顿找工作，都没找到合适的工作。最后他老婆倒找到一份好工作，他的脸没地儿搁了，两口子矛盾逐渐升级，他只好回国了。他最后放弃移民身份，离婚了。"他的经历同样是中年婚姻洋危机。来加拿大九年，我看到听到同龄人类似的故事，大概也能写出一套《家》《春》《秋》。

2018年10月于温哥华

物亦情

　　人类的情感似乎仅存于人与人之间，像父母情、儿女情、爱情、友情等等都是人之间存在的纽带。人之间因情感产生的各种关系构成了各种社会结构，家庭、国家、民族及各种团体。这些单位产生各种矛盾和社会现象。本篇文章我想讨论人与非人类及物质的关系，从几个方面分享我在生活中与物及自然、动物之间情感关系的体会，渐渐地我感觉出物亦有情。

　　我的情感随着年纪增长变得复杂起来，熟悉的一花一木，就连家附近路上的裂缝都刻在情感的记忆里。我每次长途开车回家，车拐到临近家熟悉的路段心里便轻松起来，驶到门前停车位上，当车轮滚过一道裂缝颠簸一下，疲惫困倦便戛然而止。我再推门而入，见到夫人孩子，我便又放松下来，双腿发软一下子坐到沙发上，似乎连起身沏茶的力气都没有了。有一年初冬，一阵大风刮倒了我家路旁的一棵挂着紫色残叶的大树，看上去树龄有四五十年。这棵树没了之后，我回家竟然不止一次走错了路。好长时间我驶过没有了这树的地方，看不到映在车风挡上枝叶的影子，看不到树的枝叶婆娑婀娜，心里总是有些不知所措的茫然。

　　美妙的有形情感刻在我的心里、思想里、眼里以及所有的感官世界里，包括在路上的裂缝里。寄托在感官世界的情感清晰而茫然，切身而朦胧，生命而无血，具象又抽象。我怀着感恩的心睡卧在有形无形、有气无气、有色无色、有声无声物质的情感世界里，感到舒展与自由。

　　有一些文学家认为文学是人学，离开了一个情字的文字作品称不上文学作品。一本说明书绝不是文学作品。一件艺术品，就连一栋建筑作品也要寄托人的情感，否则不是人为之物。音乐的高低音调强烈地表达着作曲者的喜怒哀乐。字如人，诗言志，一栋建筑亦代表建筑设计师的思想和灵魂。

　　人与自然之情似乎是人为的，是人寄情于自然世界。人们将情郎比喻为高山、大树和海洋，将母亲比作泥土。我们崇尚自然、敬畏自然，人类与自然的情感与共是本乎于同源，而非人为主观所致。人都要经历生老病死，当我们仰望星空，俯视大地海洋，观察人的行为，再揣度人心时，除了有敬畏之心，还有奇怪、后悔、愤怒和忧愁吗？

观察我们的情感经历，简单而又迷茫。在婴儿时有奶就是娘，奶娘一词可能源于此。孩子与人有情感交流后，情感的依赖者就是他的亲人。记得当年在印刷学院工作时，有一次我们教研室一位女教师，进办公室气呼呼地说："我那儿子说放假要回家，我说这不是你的家吗？孩子还是边收拾书包边说，他要回天津奶奶家。"那位老师生气的是，孩子把奶奶家当家，妈妈家却当寄宿地。原来她的孩子童年时期一直跟奶奶生活很多年，情感深深地寄托于呵护他的奶奶那里。在加拿大长大的孩子更是坚信这个概念，生不是情，养才是情。我们邻居和孩子聊天，她说："我现在接你送你，以后妈老了你也要伺候我。"女儿说："凭什么，你生我我就该伺候你？你生我是你的事，你养我是你应当做的，你不养我政府养我。"我听后觉得他们人与人、亲人与亲人之间的情感破碎如砂。其实孩子说的不无道理，无论父母奶奶养还是政府养，养字是感情的本源。奶奶给她做的每餐饭，洗脸叠被，一物一景都挂着"情"字。

我在温哥华接触很多投靠移民长者，他们中很多是来帮儿女看孩子。其中有些人不愿意移民，但是图免费医疗和将来的养老金等原因办了投靠移民，后来大部分人慢慢喜欢上了温哥华而留了下来。老人的情镶嵌在一草一木里，无论走到哪里都牵着老人的魂。

人与动物的情感更深，我的朋友丢了一条养了十多年的狗，大哭，那只狗已垂暮之年，只因为相伴多年难忍离别。我想她与不常相聚的亲人诀别时都没有如此悲伤。几十年前在国内看过很多报道，国外很多国家老人视宠物为家人，宠物还可以继承财产。那时我认为国外人有钱有闲，养宠物为丰富生活，到了国外才知道，他们带狗上班、旅行，生活并非充斥无聊，而是人与宠物情感所至。其实是人与动物有很多共同的情感基因，因此它们能成为人类的朋友。

人睹物生情，触物情亦深。玉石玩家常言，人养玉三年，玉养人一生，意思是你把玉佩带在身上，可以带在胸前或套在腕上或把玩掌中。你接触它三年与它生命相连息息相关，它会滋养你一生。还有人把玩核桃或楠木等物件，这些虽说没有科学根据，但不能否认人与物的关系非常密切。我虽然到不了玩家的程度，但也有二十多年的把玩体会。我休闲时手握着玉石并在掌中揉转，我的脉搏好像在激荡它，我的心似乎在与它交谈。我与玉的交流有点像醒来即忘的梦，当我意识到我握着它时，我们的交流就断了。我保存了我妈妈20世纪40年代用过的意大利鹿皮手包，我想我妈妈了就打开密封的塑料袋拿出来看看摸摸，似乎又握到了妈妈的手，妈妈的手包会滋养我直到生命终点。听说有些老华侨将家乡的土放在枕头里，故土滋养他一生，直至进入坟墓。

王国维在《人间词话》中写道："昔人论诗词，有景语情语之别，不知一切景语皆情语也。"意思是一切环境描写的文字都是作者表情寄意的载体，都是为表达感情服务的。诗人用高山大海花木比喻人的性格美貌，寄情于物抒发情感才畅快淋漓尽致，至高至深。情景表达了人完善至美的品格与外貌，说明人与物完美的内容是相通的。借托尔斯泰的名言做一个语言游戏：完美的人与物都是相同的，不完美的各有各的不同。

2020年2月于温哥华

白色花

四月份的温哥华天亮得早了，现在六月份了，早晨四点多天已发亮。我每天早晨起来喜欢先到花园转一圈，通常我比夫人和孩子起得都早，趁着安静沏杯茶划拉几笔字，一来练练手防止老了手发抖，二来喜欢写字更感觉运笔提神醒脑的美妙。今天一反常态，早晨起来换上衣服我就直奔花园，是因为昨天就想等傍晚天气凉快点割茴香吃，可是今年雨多，虽然六月份了，但昨天雨一直下到天黑，我只好等到今天早晨再割了。

我还没走进菜园子，一串攀在树枝上的白色喇叭花映入眼帘，一下子开启了我大脑一天的帷幕。白花攀在灰褐色的树皮上，树皮断断续续，好似写字运笔时的抑扬顿挫。喇叭花趴在开着的牡丹上，企图遮住酱紫色簇拥着的牡丹花朵。还有的喇叭花盘旋在一枝纤细枝干上正吐蕊，枝干像驼背的老妪背着一串蒜头。另一串喇叭花不知用什么技能，借着一枝花蹿过大约二十厘米的空间爬到树上去了。

北京人不喜欢白花，我小时候经常在坟头上看到低矮的小白花，我们都叫它死人花，记得家里种的绣球、海棠和玻璃翠等花都不要白色的。我们看到出殡的场面都是穿着白衣，撒白色纸钱，听着旋律悲怆的哀乐。北京也有喇叭花，也叫牵牛花，但是我们从来不种白色的，发现地里长出白色的喇叭花骨朵就会习惯性地掐掉。

记得2011年是我们移民温哥华的第二年，有一次在公园玩，我第一次看到西人婚礼仪式。新娘穿着白纱裙，手握着一捧白玫瑰，逐级而下的台阶两旁摆着叫不出名字的白花。新郎身着黑色西装，手持白花挽着新娘，白花夭灼裙摆婀娜，映衬新娘淡妆的面颊和浓黑的睫毛，在高大的松柏树林里，好似圣洁天堂里的婚礼。后来参加了几次华人婚礼，入乡随俗，很多华人也以白色装扮婚礼。

我家种了一棵白玉兰树，每年六七月份花苞初绽，香味便随风散发，把鼻子贴近闻，浓香扑鼻。玉兰花花期短，花开第一天时花瓣雪白，两天后花瓣半开瓣缘便呈微黄。我邻居种的白牡丹花瓣如象耳，层叠妖娆舒展，我很喜欢。国内种植玉兰树大多种粉红的，白的比较少见。

人对颜色的感觉及其背后蕴含的文化意义是神秘的，颜色透过视觉神经传入大脑，会产生很多反应，目前科学还不能解释它的原理。比如，看见喜欢的颜色组合就会引起人情绪，甚至肠胃的反应。记得20世纪80年代第一次去上海开高校会议正是梅雨季节，连续十四天烟雾弥漫，天铁青色，开始好奇，过了一周心情像湿漉漉的皮肤，喘不过气来。会期第十四天晚上，主办方给我们专场放电影，当一轮红日在屏幕上冉冉升起，我顿时感到一股暖流驱散了寒意，心情自然激动起来。人们经常说，看到那不和谐、相互冲突的颜色会让人恶心想吐。色彩对人的情绪神经、肠胃神经有非常强烈的作用，说明颜色信号和其他感官信号对大脑的刺激是一样的，只能用先入为主来解释不同文化对不同颜色的认同了。

记得有一次看电视节目，主持人问电影导演冯小刚一个问题："为什么你画的画常常是雪景，你喜欢在雪天画画？"冯导回答的大概意思是，大雪天怎么在室外画画，他找到的画面景色不错，就是地上太脏，画点雪是为了遮挡一下。的确雪无人不爱，白色是全色也称为日光色，能遮盖所有的颜色。记得新闻里报道的昆明、上海偶尔下雪，把铁路都封住了，那里的人不会像北方人赶快出来扫雪，而是疯狂地打雪仗，兴奋地拍雪景。我们常称雪为雪花，雪花是那种耀眼白，看来北京人也不是忌讳所有的白花。无论我们看到白花或心中洋溢漫天的雪花，我们眼眸里和心里都会有暖流涌动，平安喜乐。

2020年10月于温哥华

花非花　叶非叶

　　每年九月温村梦秋，露水像显影液将个别枫叶冲洗出红黄色彩，渐渐地从仲秋到季秋，整棵树显影成一把把赤红银杏黄的火炬，还有红黄绿间杂的叶片像圆明园的翡翠树。特别是我站在湖泊或河流看对岸的枫树林，一簇簇斑斓枫叶汇成花的海洋，我真想撕裂衣襟一跃而入，任由叶片把我刺个痛快淋漓。白居易的诗中写的是花非花，雾非雾，我眼前却是花非花，叶非叶，叶里寻花叶即花。

　　春华秋实，植物春天开花秋天落花而生果是普遍规律。而春叶秋花是枫树的特色，初春枫树萌发出黄绿嫩叶芽，盛夏长成蔽日的阔叶，到了秋季经露水浸泡变成火树黄花。我迷茫地望着秋色，簇簇枫树铺成的花海，与温村春天驳杂的花坛、花丘、花山在我脑海重叠起来，难以分辨你花我叶。

　　我不是植物学家，有些植物很难分辨花与叶，买花只是挑选彩色的植物即为花，特别是我喜欢的红色叶子植物视为花买回来。对花的概念简单或无知并非独我一人，跟朋友谈起此话题还发现很多有同类感觉的人。植物学家毕竟是少数，我设想能分辨出花与叶，就好像看到身着五颜六色服装的人，立刻分辨出他们的工作性质一样难。此事让我想起上小学时老师讲的故事，故事中的英雄人物眼睛是雪亮的，随时看到文学作品里的毒草、人群中的阶级敌人，很是佩服。听了老师讲的故事，我有时做噩梦，梦到很多熟悉的身影是阶级敌人。记得有一次，我看到妈妈打开我家一个包着皮的高级箱子，拿出很高级的衣服、皮包和狐狸毛围巾，晚上躺下睡不着，我总是想象我妈穿上高级衣服像电影里特务似的，我妈本来长得就像常演反派特务的电影演员。仔细想人们常说的话挺在理：聪明人活得累，古人云难得糊涂。

　　动物虽然赶不上人智慧，可它们不糊涂，什么都分得清。我家屋外挂了个喂蜂鸟的糖水罐，蜂鸟四季光顾我家，花盛开的季节，哪怕有朵芝麻大的花，它都不碰糖水罐，它能分辨花蕊中的蜜和罐子里的糖。野兔子从来不会犯人的错误，吃有毒蘑菇，经我观察，夜里它还不停地吃，即使毒蘑菇混杂在一丛杂草里它也绝不会吃错。

人虽然有理性，却缺乏动物天生的智慧，人只能生活在理性里。理性里的花并非蜂鸟嘴下分泌花蜜的花，而是涂抹了各种出身、历史、环境、感情、政治、信仰、利益等痕迹的花。好吧，幸好有理性之花开在我们心里拨动我们快乐的神经，氤氲我们的笑颜。

每个人喜欢的花色、花型都是不同的，这种个性应该是遗传的，就好似每个人的指纹不同。其实人们心中的花朵、花树、花海，是外部世界在内心涌动翻腾的热血。每个人对外部世界的反应是不同的，花或叶只要能激荡兴奋的神经，和热血也就没有区别了。中国文人表达内心美的境界用梅、兰、竹、菊四种植物，表达傲、幽、澹、逸，风骨四溢各具其美。当然人一生的审美并不执着，用见异思迁形容亦不过分，但这正是浪漫人生的福分。想明白了，我们就不会此时牡丹喜，彼时枯草忧了。

记得儿时吃食缺乏，我家有棵葡萄树，常常摘嫩叶当菜吃，感觉酸苦味道。现在我家也种葡萄树，摘叶子裹烤羊肉吃别有风味，我还直接吃葡萄叶子，酸味还在，苦味没了，反而还觉得有点甜味。我上一篇散文《白色花》中写过，北京用于葬礼的白花在温哥华却用在婚礼上。现在我再看到白花，在脑海里飘的是婚纱而不是孝服了。花非花，叶非叶，苦为甜，甜为苦，苦尽甘来，不论春与秋，不辨花与叶，心以为然。

见异思迁有贬义之嫌，改为见异思新，我们今天见到的花非昨日的花，叶非昔日的叶，每天的阳光是新的，我们每天的心情也是新的。

2020年12月于温哥华

祖国母亲的土地

今年春假回国探亲，我去看住在山西耄耋之年的小姨，我虽耳顺之年，但称一位长辈为小姨倍感亲切。小姨住在晋中市一个离县城四十多公里的山村，偏僻的山村现在是山西仅存不多的净土。村庄下面没有煤矿，山上也没有有价值的大理石，大概这是保持清净的原因，恰一条溪流湍湍穿村而过。立在屋前极目苍穹，生气自足底升腾，拂筋撩心醒脑，令人畅然。小姨乐意独居乡村拒不去表弟表妹在城里的家，偶尔进城过年，只是因为孩子家有大厅及影音设备，过了初五她便会立刻启程回家。

我的小表弟现在是银行行长，他到车站接我，安顿我们在城里落了一宿的脚，翌日清早驱车直奔"姥家"，这是他对小姨家的习惯称呼，其实我和他的姥爷是当年的山西祁县的粮商，早就人去楼空，小姨是中华人民共和国成立后嫁到此地的。早饭我姨准备好了，我们出发前打个电话，她就开始做羊汤。我们到了，羊汤的锅盖掀起，饥肠辘辘的胃一下子被扑鼻而来的羊汤冲得隐隐作痛。小姨盛的第一碗汤肯定是递给我的，她知道我有糖尿病加低血糖症。表弟出发回姥家前总是关闭手机，进家门就躺在小姨的床上，似乎羊汤对他如山泉白水。我端着羊汤进屋叫他喝一碗，"不饿，到俺妈这儿了就想歇着。"他说。路上我们闲聊，他说："只要没安排，周末我就关掉手机到我妈这儿歇着。"我说："在你家比姥姥家舒服，到你妈这儿大老远的多累呀。""在城里我满脑子都是工作的事，要不就是应酬，休息不过来。"他回答。

母亲永远是他的港湾，安稳之地，炕上母亲的体味是安慰剂。母亲褥子上的体温还会伴随他的心脏跳动，拍打着他的肩膀。

记得我儿时常常野玩到无力支撑眼皮才回家，妈妈抱着我帮我脱衣服鞋子，只要一倒在妈妈怀里我就不知人事了，从不记得自己何时入睡的。妈妈病重住院我几乎和她同住，当她输上液，我坐在床边凳子上，头倒在她枕边就像打了麻药似的即刻入睡。妈妈去世后我成了家，教书的同时做生意，每天忙如工蚁。我常常连续工作一段时间，总觉得休息不过来，越休息越累。有一次我梦见我在妈妈的坟墓里，妈妈坐着织毛衣，我双手叠放在妈妈的大腿上，额头落在手上睡觉，一觉醒来便轻松许多。我还记得当日写了一首诗，其中一句是："冢宅膝膝促，慈母腿上眠。"

前几日我朗诵了一首怀念妈妈的诗词，写道："时候到了，我不得不离开您温暖的怀抱，来到这个陌生的世界。我恐惧，我哭喊，您温情地把我抱在怀里，两颗心又重新呼应……我就不再哭喊。"妈妈的心跳抚慰我一生。

电视上著名的美籍华裔数学家丘成桐教授，讲述了一段感人的经历，20世纪70年代国门刚刚开放，他第一时间来到北京，当他走下舷梯，双膝跪下叩首大地失声号哭："妈妈，我回来了！"泪眼模糊，双手抚摸大地，同行旅客肃然。丘教授于1949年不满一岁从广东到香港，教授哲学的父亲笃爱国学，丘教授自幼习字临帖读古诗，深受儒释道影响。他十四岁丧父，十六岁以优异成绩被送到美国师从陈省身教授。后来他获奖无数，各国院士教授头衔冗繁。我听了他的演讲感慨万千，他不满周岁便离开大陆，妈妈生活在中国香港，俯面叩首告诉大陆的土地："妈妈，我回来了！"

温哥华住着一位著名的中国台湾诗人王庆麟，笔名痖弦。我和他是好朋友，常接送他，他还称我是摄影师，他在活动中用的照片是我在他家门口给他拍的。有一次我接他问："痖公您说的那块展衣石在哪儿，我给您拍一张模仿您母亲展衣动作的照片。"我们常称他痖公，这好像比先生的称呼更表敬重。他走到房檐下找了一块扁平的鹅卵石，先弯下腰，再屈腿蹲下。石头呈长方形，有一臂膀长一肘宽，大部分埋在土里看不出多厚，表面光滑但斑驳有一丝裂纹，像是被踏过百年的样子。他蹲着一歪身子坐在地上，半举石头佯装拍展衣服，我随即掏出手绢，放在石头上。"您眼睛稍微抬一点看我。"我端着相机说，"咔嚓"一下快门按下。这是他模仿母亲洗衣后展平衣服的动作。后来在门口和展衣石拍的第二张照片，我放大装好相框送给他挂在了墙上。照片中他的动作是模仿母亲的，可那块石头却是他母亲在河南老家用过的石头。照片中我抓到了，他举石低眉看着石头的深情，仿佛那石头就是母亲！照完相，他久久守候着石头，我还是把他搀扶起来，"累了您回去休息吧！"我说。他边走边讲述了如何从温哥华回到河南南阳老家，在离别几十年残垣断壁的老宅中找到这个唯一完整的物品，可惜运输时石头沿页层断裂。他家的后院还有一个石头凿出来的猪泔水槽子，他说这是他旅游时看到买的，很像当年他老家的那个，买回来作个念想儿。

　　痖公常说他有过两次流浪，第一次从大陆到台湾，从台湾到温哥华是第二次流浪。1949年他家河南南阳招兵，招兵现场炖了一锅肉，吃了一碗肉就得当兵。他馋得吃了一碗就只能当兵了。当年国民党撤退台湾，他也辗转来到台湾。第二次流浪是退休后移民到温哥华。我听他这么讲，心里一惊，我移民到温哥华是流浪吗？难道台湾不是他的第二故乡，温哥华应该是他第三故乡。痖公经常用河南家乡话讲儿时的歌谣，他谈笑中娓娓道来浓浓的乡音乡情，浸润我们海外游子的故乡情。电影《一九四二》中流浪的人，知道背井离乡后不复还，包一抔泥土随身离去，当葬在他乡时犹如躺在故乡的土地上。他们把故乡化作一抔泥土，痖公的故乡就是那块展衣石。他们辗转流浪没有离开故乡，没有撇开爹娘，家乡的泥土和石头有母亲的体味和父亲的汗水。

　　很多移民到海外的孩子总是盼望取得异国护照，表明自己的洋身份，这对孩子可以理解。随着他们的成长，他们也会想寻找他们自己的根，老华侨叶落归根即此意。中国的孩子，即使在海外出生的，也不会寻根到别国。因为中国是爸爸妈妈出生的地方，是爷爷奶奶、姥姥姥爷出生的地方。孩子的乡音可能是当地的，但黄皮肤黑眼睛走到哪儿都会被认出是中国人。当他们老了的时候也会有流浪的感觉，他们将慢慢体会到，强大而富饶的祖国是游子永远的依托。

2019年6月于温哥华

年龄是一种感觉

今年春节后我们移民到温哥华的这些华人成立了梁祝歌舞剧组，我是编导，带领大家排练。我不擅长歌舞，编导也是业余水平，编导歌舞剧是赶鸭子上架边学边干。疫情防控期间我在Zoom（多人手机云视频会议软件）平台上带领大家编导了七部广播剧和五场线下表演，播放出去反响热烈。一位能歌善舞的老朋友经常看我编排的节目，两口子还演了我编排的诗歌剧《长干行》感觉很新颖，联系我说，他们那么多老年人都是搞些唱戏跳舞节目没意思，让我编排些带剧情的节目。歌舞剧中的角色要求能歌善舞，剧组发起人组长在微信里发信息让大家自愿报名，最终聚集了几位擅长歌舞的高手。剧中梁山伯的扮演者是已经耄耋之年的北京老乡焦老先生，按北方人习惯，大家常称他老焦。每次排练我都会去接老焦，五六年前见过几次老焦身穿古装唱戏，时隔多年我再次见到他提着提袋走出房门，好像越发挺拔年轻了。我俩并肩向车走去，见他清瘦高挑的个头儿比我一米七五的个子还高出一拳头，军人般挺拔的肩背，颀长的脖颈似乎有一根绳子悬着头发，起步落脚似乎在舞台上有板有眼。我立刻努力挺拔起微含的肩背，虚起脚后跟和他并排走，想要显示出我岁数小他一代人呢。人老与否是心态也是体态，更体现在动态中。

人的生命存在于彼此生命的互相感应之中，意思是人不能孤独存在，至少需要两人才能活出人性。仁者爱人如己彼此相爱，人才能活出生命的意义。鸟不用教便会鸣唱与同类交流，但有人类学家研究发现，人如果没有人教是不会用语言彼此交流的。生命之间彼此感应的感觉在不同的年龄段是迥异的。在儿童时期很有意思，年龄小的总是追着年龄大的玩，常常小孩儿看出大孩儿的不情愿，还是死皮赖脸跟在屁股后边。后来我经常服务老年团体，从中感觉到，老年团体总是盼望年轻人加入以增加集体活力。看来人从心态上喜欢追求成熟的年华，小的盼望早日长大，老的想回到青春。

我是梁祝歌舞剧组的访谈节目主持人，访谈采用即时聊天方式，内容是相关移民知识和文化方面，没有提纲嘉宾不需要有访前准备，这样能聊出他们已有并鲜活的知识及想法。因此，我有机会接触并深入与嘉宾推心置腹，有时采用激将法还能挖出更深层次的内容。我采访过两位年逾九十高龄的嘉宾，一位是企业家，另一位是钢琴教授。这位企业家九十六岁，访谈时西装革履、慈眉善目、憨态可掬，很像六十多岁的西哈努克亲王，坐姿矜持自然像老松树干或千年城墙，腰和肩膀挺拔如壁绅士翩翩。我与他呈150度并排落座，看着他的姿态我努力地向上拔腰向后挺肩，心想不能在观众面前显得比他还老态。访谈时他可掬的笑容就像一位老顽童，聊天时他常车轱辘话来回说，时间次序颠倒，暴露了他真实的年龄。另一位嘉宾是九十二岁的钢琴教授，他是自来卷，满头的白发丝丝有序长过耳，银白秀眉透出他至少耄耋年寿。我选好了访谈拍摄位置背靠钢琴，他给我搬过来一把靠背椅，我给他从里间屋子搬出另一把相同的椅子，他说："小张，不用了，我坐琴凳，习惯了。"没想到访谈一口气聊了四十多分钟，他才说歇会吧，这么长的时间里，他除了转身弹几下琴，都是笔直坐如松，西装上米色印着的棕色小方格像苍柏树叶偶尔动几下。我最大的毛病就是走路和坐着时总喜欢摇肩晃头，排练话剧时导演和组员曾多次提醒我，但还是在无意识地晃动。老先生解释他的坐姿习惯，从小弹钢琴练就这功夫，练习坐姿和手臂及手指的姿势是基本功。老人挺拔的身姿和健康的体态使他感觉年轻舒适，展示出活力和气质美，也感染着我。我最近访谈了一位中医，从理论上解释了正确身姿对健康和寿命的巨大影响。他说，人的骨架不端正会压迫神经，大部分被压迫的神经不引发疼痛无知觉，一般压迫四肢神经会有感知，而支配内脏等很多神经被压迫没疼痛感，但对器官的影响是存在的，我的这两位老嘉宾的状态验证了中医理论的正确性。人的体态不但表现出健康状态，还能展现年轻的气质，特别是人到中年以后，这种表现尤为突出。

中文"演员"二字是指表演的人，无论在舞台、影视或者只有声音出现的广播剧表演者。而英语演员用"Actor"行动者。戏剧理论家认为，戏剧即表演艺术，其本质是动作的艺术，包括内心或外部动作。哑剧是艺术形式，只有动作不出声音的表演形式，但没有动作只有声音类似现在机器人说话不属于艺术范畴，应该是新闻播报、广告之类的形式。我们常常看陌生人的体态动作面部表情可以大致判断出人的年龄，但是不能只听人的说话声音来判断岁数。去年岁末我随夫人参加羽毛球群聚餐，我把抽到的一份奖品送给了同桌一位白发长者，他立刻起身表示谢意。另一位羽友让我猜这位羽翁年龄，我从他体态和起身动作看，我迟疑地说："您七十……多岁？"羽翁故作缄默，其他人嘴角上翘颧骨耸起看着我，被问者忍不住脱口而出："九十，不，明天新年九十一了。"我转送的奖品太有意义了，又有人问我："你看挨着你坐的大姐高龄？"原来是八十七岁的长辈，我愣是没看出来。在球场上九十一岁的羽翁倒地铲球大战不到耳顺之年的我夫人，八十七岁的羽妪挥拍对决九十一岁的羽翁，是多么精彩的场面！

仁之人活在彼此之中，彼此交流相爱扶持；仁之人活在群众之中，仁与仁虽一人之差，世界截然不同。我和夫人散步锻炼，走过约两公里，我行走的速度自然降下来，她知道我累了，放缓脚步跟在我后面随着走。我今年六十三岁了，从六十岁就转跑为走，每天坚持走三公里多，睡下的时候感觉浑身酸胀，自己常常宽慰自己，年过六十的人不能再逞能了。但是每次看到比我年长的朋友精神矍铄地唱戏、跳舞、运动、写诗、朗诵，我都受到激励和鼓舞。在我们歌舞剧组我是年轻的，拍戏过程中我做示范动作时完全忘记了腰酸腿痛和年龄。人的年龄展现在运动中，活力是生命长度的标尺。

人与人之间互相感染激励能迸发出无限的智慧活力，让人的物理年龄湮没在群体的爱里和生命的活力里。

2023年5月于温哥华

葡萄架下的鸟巢

　　我家后院透明顶棚子下种了一棵八年树龄的紫葡萄。葡萄树虽然临近春末才发芽，可是它发芽吐叶的速度真是与每小时俱进，它的叶子从可食的嫩黄绿色薄薄叶片，一两周就长成深绿色巴掌那么大。葡萄树我是有所领教的，儿时我记事起在北京我家院子里的葡萄树就伴随着我的记忆，夏天我在葡萄树下玩耍，深秋父亲把它修剪成几条绳子似的干枝埋到地下。葡萄树是我见到过的爬藤类长得最疯狂的植物，从初夏到葡萄成熟几乎两三天就要修剪一次枝杈，否则它能借助树长到天上去。我家的葡萄树长在后院透明顶棚子下约半米高空间的木头架上，在五十厘米高的空间里它几乎塞满了，很多枝杈拐了几道蛇形弯，为了追逐顶子上的阳光，还有的竟爬到外面去。葡萄架下的阴凉地几乎是我每天享用的园地，一早端着一碗热汤面放在摇摇椅前的桌子上，习习凉风伴着我喝热汤吸溜溜的声音面也随之下肚，再沏一壶绿茶算是打发了早餐，中午午睡醒来喝一杯啤酒消消暑。葡萄叶子是解腻的食品，我烧烤时揪下两片靠尖部位的嫩叶裹上肉，抹点酱，便一点都不觉得油腻了。

　　今年六月初夏，温哥华突然气温升至38摄氏度，我午睡难眠，浑身黏糊糊，翻身起床，倒上一扎啤酒坐在葡萄树下消暑乘凉。我家房子西侧是一条原始林的排水沟，长满了原生的植物，也是百鸟园。我正环视林子，看到一只黄肚皮的鸟，它嘴里叼着干的苔藓夹杂着干草，站在离我很近的树枝上，眼睛像侦察员左右巡视。我知道它想在葡萄架下搭窝，因为去年我见过一次，只是那鸟经验不足，窝搭一半塌了。我怕干扰它，视线立刻移到别处并停止一切动作，等它飞到葡萄叶子中间时，我再接着喝酒。

　　在国内我经常见到屋檐下的燕子窝，我哥哥家的燕子窝就搭在门口的屋檐下，而麻雀窝常常建在房顶瓦片下面，喜鹊的窝搭在高高的树顶上。从动物的警觉性分析，我猜想麻雀曾被视为害虫，经常被捕杀所以躲到屋檐瓦下，即使现在它受保护了，可能人是它的天敌已刻在它遗传基因里了，而燕子是喜鸟没人伤害它，与人为伴。加拿大是动物的天堂，人杀野生动物犯法，动物攻击人类却没有法律保护，因此，鸟也大胆地在人家院里搭窝繁衍后代。

我仔细观察过野蜂在我家屋檐下筑巢，它们可是集体合作建房。蜂在建巢时频繁来往，我看不到它们嘴里衔的"建材"，它们单独工作在各自岗位上，分工合理，配合默契，不知道哪个蜂王在指挥，它们分别搭出的房间形状完全一样分毫不差。著名的数学家华罗庚在新疆下放期间，专注研究土蜂房的力学结构，上百斤重的多层的蜂房悬挂在土质檐下且高度对称，他感叹人的智力难以企及。来我家搭窝的黄肚皮鸟中文名字叫知更鸟，它喜欢在人居所附近一点五米至二点五米高处搭窝。知更鸟在我家葡萄架搭窝的高度约两米。我在葡萄架下坐着或站着佯装不看鸟工作，因为只需抬眼皮即可看到它全部的工作情况，进屋后立即向夫人汇报它的工作进度。知更鸟每次产蛋二至五枚，知更鸟的体形大约是麻雀的两倍，不知道它建窝时是否知道将要产几个蛋。我们知道产妇生多胞胎自己是感觉不出来怀了几个胎儿，需要借助超声仪查，有时仪器都看不清楚，常出现误判。知更鸟是雌雄共同负责建窝，它是先建底盘，此时它应该知道将要产几个蛋能孵出几只鸟，对此建造相应大小的窝，因为小鸟完全在窝里肩并肩地长大到能自食其力的样子才出窝，若窝建小了怎么行呢！知更鸟搭窝用的建材很讲究，搭建底盘和外墙用较为粗长有劲的材料，我家知更鸟用的是网状塑料丝和干草叶，掺杂长丝干藓苔。里面它用纤细柔软的干藓苔沿着弧线编织再抹上泥巴，里面的结构还是鸟成年离家后我夫人用镜子看到的，并且窝里是堂大口小。

知更鸟搭窝选址是靠近人的居所，有些动物也有此习性。我家草地常年都有野兔子活动，兔子的窝就在附近林子里，离人群也不远，浣熊也经常出没我家附近，浣熊的窝有的搭建在房子后院或院内树上，还有的浣熊爬到别墅屋顶里建窝。有些动物远离人群，人永远找不到它们的窝，人也从来找不到野生动物自然死亡的尸体。

雌鸟搭好了窝后静静地趴在窝里，它不像老母鸡下蛋后咯咯地叫，其间我看它偶尔飞出去，应该是自己觅食，我们不知道它产了几个蛋，只见它孵蛋时总是抬着头纹丝不动。鸟每天一刻不停地飞行或觅食，即使落在树枝上也是不停地在树皮上蹭嘴，而下蛋孵鸟时却目不转睛地卧着忠于职守，想想人的自控力，不强都做不到这点。雌鸟卧孵大约十几天幼鸟便会出壳了，紧接着另一位鸟登场了，应该是它老公，嘴里横着叼着虫子还附带杂草飞到鸟巢，我看不清楚它先喂哪只。喂鸟的工作是夫妻同工的，只见雌来雄往忙个不停。我看到窝里有三张张着的小嘴，猜想老鸟如何知道哪只小鸟是前一只鸟喂食过的呢，幼鸟是否也像小孩子般会哭的有饭吃？

自从三只小鸟孵化出来，我家后院又添了五位常客，顿时就热闹起来了，我们全家无论谁到后院都要观察一下这几位邻居，知更鸟做窝专找人居地，应该也是为凑热闹吧。幼鸟似初生牛犊不怕虎一样不怕人，它们的父母虽然躲着人，有时与我们玩玩捉迷藏还是没感觉敌意。老鸟飞过来时见有人在院子里，它先落在树上慢慢蹦到离鸟巢近的位置，然后像战斗机俯冲一下飞到鸟窝，它能抓住窝的边沿不用滑行立即站稳，很像航母战机的缆索辅助停机过程。自从看到幼鸟昂首张嘴等食到羽翅丰满离开窝约有半个月时间，此间老鸟与我们相处得越发亲近，有时我们到后院忘记看它们，老鸟从我们头顶飞过也不害怕了。在我们的意识里，对这家近邻如同树上其他鸟一样没感觉了，我想它们也把我们看成和平共处的伙伴了。民国初期的词学大师王国维谈到诗词有两个境界，有我之境与无我之境。有我之境是以我观物，故物皆着我之色彩，即观物带有我的主观色彩；无我之境，以物观物，故不知何者为我，何者为物，物我合一。

我有意识地观察鸟的孵化过程是有我之境，当我对院子里头顶上的鸟巢及来往送食的鸟爸妈没感觉时，便进入了无我之境。我猜想鸟对我的感觉亦是如此。从有我之境到无我之境也是人类的自然意识，就像新闻最多新七天一样，人们对新事物有明确的主观意识，很快进入无我意识。我喜欢看一款脱口秀节目，节目结束语是几句歌词："天空飘来五个字，那都不是事儿，是事儿也就烦一会儿，一会儿就完事儿"，说的大概就是从有我之境到无我之境的转变过程。

从有我之境一会儿就过渡到无我之境是正常人正常状态的自然过程，当然没有几个人一生总是正常地活在正常状态，因此人生中总有一些东西久久不能释怀，甚至一生都被恩怨情仇捆绑。此时我们极目天穹，环视造物主摆设的星云，再看看身处的自然界，我们是其中的一分子，物是我，我亦物也。

2021年7月于温哥华

虚拟数字真实的人生

今年我的小儿子跟我说想在银行开一张自己的卡，因为他存了几百元钱，在屋子里藏哪儿都不放心。他还把账户绑在手机上，随时能看到自己账上的钱数。从他有了卡常拿着卡约同学到商场里逛，每次回来我都问他买什么东西啦，他都没舍得花钱，还说"我不想让卡上的钱少"。他看着卡上账户的数字不断增长，比花钱买物件更兴奋。当然遇到该买，需家长出钱的项目时，也会刻不容缓去买，不能过夜，也没钱数的概念了。孩子看着银行卡上的数字比看着钞票更觉得安全且真实。

春假我们回国探亲也听到了银行存钱的事，我的一位亲戚说现在银行人少多了，她女儿接了一句："人家什么都在网上办理，谁像你呢每月去打存折。"国内的银行进门处立着几台机器，用于查看账户，并且可以将账户信息打印出来。你把存折插进去，退休金就清楚地按月份打印出来，但是在加拿大没有这种机器，很多老人看到电脑上显示的数字钱数不踏实，没有钱的存在感，更甭说手机里传出的银行账户声音信息了。我一位农村朋友说，城市的老人还认银行单据，农村的老人只认钞票，很多老人还是把钱裹起来到处藏，存银行都不放心。

时代不同，人们的观念也发生很大变化。从大的方面说，人的世界观、人生观、价值观变化像天上云变幻不断，也像龙卷风席卷一切。生活层面的变化表现在柴米油盐、亲情礼道上。一切的变化不是源自称霸的雄杰，也不是自然环境变迁，而是科学技术发展的结果。不变的人性面对变化的生产、生活方式冲击碾压，使人性外形千变万化，其实内心依旧。但我好奇的是人生与数字的关系及变化。

简单地说，人自从怀孕起就开始数天、数月，出生后从满月到百日再到周岁，无时不与数字结缘。生活生产中，人与自然打交道，掐算日月星辰。我记得小时候老人把节气长在脑子里，不用看月亮牌（日历）就能掐算出哪天是中秋，哪天种什么庄稼哪天该收了。就连人过世还要数着头七，守孝三年等日子。老话说远亲不如近邻，人与人之间的情感也用距离远近度量，看来情感的深度与距离成反比。当然人们还有距离产生美的常言，人之间无论心理还是身体之间的距离，都是美的函数，这个函数关系因人而变化。亲人之间常常是离近了就吵架，离远了就思念。我邻居的女儿报大学愿望就是离她妈远，她说永远不想看到她妈那张脸，但到了远的学校上学没十天，实在忍不住了哭着给妈妈打电话回来。十天是一个女孩感情的极限。

随着科学的发展，人与数字的关系越来越密切，现在到了数字时代，人与数字便更密不可分了。电脑运行的原理是二进制，只用0和1两个数字就可以表示自然界的所有存在及变化，人的情感也可以用0和1来表示。0与1是电位高与低，有与无，明与暗，雌与雄，一张纸的正与背，构成遗传基因DNA的XY染色体，光照的物与影等对立统一的关系。电脑里的0与1浓缩了整个宇宙，虚拟数字的包容性实在强大，也说明世界的万物本来就这么简单。

人在数字面前会感觉有不同的人生价值，有时感觉渺小，有时常自大骄傲，还会对数字产生麻木。我是学物理的，当学到广义相对论计算天体关系时，觉得坐地日行八万里的地球用光年尺度衡量是如此渺小，想到自己的身高体重，就觉得人太渺小了。人一生的寿数百岁虽长，但在宇宙里却不过一瞬。

雨果的名言，比地大的是海洋；比海洋大的是天空；比天空大的是我们的胸怀。我们卸掉多少杂念，我们的胸怀就有多大，内心的世界就有多广。温哥华的一位朋友以炒股票为生，家里的电视、电脑，随身的手机显示的都是曲线和数字。和他一起聊天，无论是谈国情还是聊旅游，是单聊还是群聊，不用五分钟，话题一定被他转移到股票上。沪深上指再到港股纳斯达克曲线指数，在他牙舌之间像醇厚甘甜的佳酿。在他脑子里，国家、企业、生活都是数字编号和曲线，就好像天上的卫星看什么都会把它变成数字。有时这位朋友夫人也一起聊天，当他一侃股票，她就会起身离场，还甩给他一句："会聊点别的不！"他夫人还告诫我们："干什么都行，千万别炒股！"她说炒股的日子，每天就像坐过山车，忽上忽下转来转去。她还说："他要是赔了钱他心脏还能踏实会儿，我也跟着消停会儿，但他要是赚了钱就会急着再买，饭不想夜不寐，我早就和他分居了……"我想没有股票的年代，经商、倒腾古董至少不影响睡觉。实打实的货物交易看着直观，并给人带来视觉、听觉及触觉刺激。我虽没玩过古董，但曾经开过一个仿古艺术品店作为休闲落脚之地，就是因为喜欢这种感觉。我到店里就喜欢抄起个物件把玩一番，先长长眼，再鼓起音，然后落座饮杯茶，那真是神仙过的日子，我从来不炒那看不见摸不着的股票。

可怕的数字害过无数人丧命。20世纪80年代我们教数学的一位老师，选择了他认为最有把握挣外快的买卖——炒股票。他认为有把握的原因是他会算，像推数学公式一样判断股市，但是无数股民就像无数个未知数，他大部分都解错了，搭了时间还赔了本。这还是小事，他每天上股票市场跟上班似的，眼前的大屏幕滚动着一行行红绿相间的数字，最终他因脑出血出溜到椅子底下，走了。据说因股票暴跌跳楼的人，远少于因股票波动造成心脏病血压高而死亡的人数。

时间和距离能够冲淡人的情感，人与人之间相隔多久感情就褪色多少，人与人之间的距离有多远情感相依度就淡多少。并且人的感情模糊度与人相隔时间与距离的乘积成正比。记得葛优演过一部片子，有一段情节是未婚妻去美国留学，他心灰意冷，情缘也戛然而止。如果她未婚妻是去距离近的城市读书，葛优不会有诀别的感觉。我原公司有一位工人来自甘肃，她是九个姊妹中的老大，她说她三年没回过家了，她出来只有第一年回家过春节，现在她家里都不知道她在哪儿工作，家里也不要她寄钱回去了。我不知道一公里能打磨掉多少亲情，但我感觉，人与人之间的感情淡漠与相隔时间相隔距离之间的关系，就像雾中看花一样渐行渐远。其实人与人之间的情感与距离关系不重要，主要是相隔时间。没有高铁之前，我的一对情侣学生分别被分配到北京和天津，结果二人学业毕业之际恋爱关系也跟着结业。那时北京到天津的快车需两小时，绿皮火车近四小时，而现在动车只需二十八分钟，他们要是现在毕业，说不定会喜结良缘。

数字是人为的虚拟形态，人类发明数字语言是为了表达文字语言、表达不尽的生活。当然生命的阅历用多少种语言也表达不尽，现存的语言有文字、数学、音乐、美术、肢体等形式。语言虽然是人设定的人为的表达方式，但它一定是人内心本质特征的外在形式，无论哪种人类语言表达的都是真实的人生。

2019年7月于温哥华

生命间的感应

今天是2023年1月17日农历腊月二十六，我吃早餐时，脑子里的思绪和嘴里咀嚼的食物都在翻滚，昨晚吃饭时口腔划出的血疱似乎也和着翻滚的旋律。还有四天就到年三十了，我从小在北京长大，老理儿提醒我，此时应该想一想哪些事在年前要做。我记得年三十晚上在饭店安排了年夜饭。我突然想起养老院我常去关怀的陈忠池老伯，该看看他去，也该给他换本书看了。近来陈老伯爱看书了，以前是喜欢学英语翻译文章，我送过他翻译机，还把他翻译的文章推荐到报社刊登。早饭后我拿了一本《加拿大华侨移民史》，此书还有他提供的他父亲早年来温哥华打工时的人头税票，我夫人找了一小盒凤梨酥，我拿上后便开着车和她一起直奔养老院。

车开到半路时恰逢修路，停车等候时我在想，这老爷子的年龄是94还是95了。我熟练地沿着138街道走，快到的时候一个右转弯钻进养老院的停车场。在停车场门口附近我没看到停车位，就径直往里开，看见两辆警车停在路旁，两位身高一米九左右的警察在聊天。我琢磨，两辆警车来养老院，这里能发生什么事呢？我们进大厅照例填表，陈先生房间号236，进电梯上二楼。通常二楼电梯附近会坐着几位老人大都是女性，我这次看到椅子和沙发都空着，往236房间走时，看到有两位身高两米左右的荷枪实弹的警察站在过道口。我的心脏好像被丹田气挤压一下子提上来慌乱起来，我用我编的英语问警察，what matter happen in two three six room（236房间发生了什么事）？警察回答，人死了。警察立刻又问我："你认识他？"我说："认识，我们是朋友。"我此时狐疑，一般涉案人员死亡警察才出现，警察又问我和他的关系，我的脑子里一下子浮现出来很多案件故事。警察接着平和地跟我打听，我是否认识他的家人，这时我才放松些，告诉他陈老伯在温哥华有个女儿，儿子在国内。警察掏出一张写着电话号码的字条告诉我，这个号码联系不上他家人，我说，她女儿经常到世界各地旅行。这时一位韩国女服务员上来给我们送口罩，还跟我夫人交流，我夫人拜托她陈老伯葬礼通知我们，服务员说，这是他家人的事，我们记下她女儿的电话后便走了。

我是在温哥华信友堂教会认识陈伯的，那时他八十多岁走路蹒跚，我跟他不熟没有个人交往。还是一次去参加活动，安排我到他家接他，我与他一见如故，因为他没戴帽子，谢顶的头型和面孔很像与他几乎同龄时我的父亲。他们踽踽而行，走路姿势都很像，我扶着他上车似乎搀着我父亲，我送他回家时跟他约定，过两天在他家附近的龙源餐馆请他吃早茶。记得他和我父亲一样，比我都能吃，他每口吃的量根本不像走路蹒跚的八十多岁的老人，餐后我给他要了些他爱吃的点心打包带走。此后我每次周日敬拜，都会到他座位旁握一下手问候，散会时他经常等我见个面再走。

记得有两三周他没来教会敬拜，我向人打听他的情况，别人说他岁数大有心脏病，医生劝他在家静养，少外出。后来他给我打电话说，他去养老院了，并告诉我地址，接下来我们的交往都在养老院了。有一次去看他，我刚进门他就告诉我一个好消息，他有知音了，他的发音带些广东味，我没听明白，我说什么吸音，他慢些说我才听清是"知音"。我说，您碰到说汉语的伴儿了，他说不是，是一位说日语的日本老太太，我教她汉语，她教我日语，没过几个月，再没听到他提知音的消息。2020年前，除了回国，我每月会来养老院看他一次，他也经常给我打电话问候，后来我才知道，他没事就拿着电话本挨着名字给熟悉的人打电话，渐渐地，他打出的电话也寥寥了。

陈老伯是学建筑专业的，曾在广东当建筑工程师，退休后投靠女儿移民到加拿大东部的温莎市，女儿退休后移居温哥华。在养老院初期，他一头泡在英语翻译里，从翻译出的汉字能看出来，这位老学者当年做事一丝不苟，他的楷体字结构匀称运笔轻重有度，这是当年他徒手画建筑图纸练就的。我常把我发表在报纸上的文章给他看，有一次他让我帮他，将他翻译的短文送到报社发表。报社那个栏目不发翻译作品，看在作品出自近九旬老人的情分上破例发了。他看了自己发表的翻译作品很高兴，随手又给我一篇让我转给栏目总编，但这次人家不再破例了。

养老院食堂定时定位安排每位老人用餐，每人餐食都是一样的，这是韩国人办的养老院，餐食介于韩式与西式之间，比较单调。我每次看他，会带些国内百姓爱吃的食品，如肉皮冻、馒头、发面饼等中式食品，他已是满口假牙，不能吃太硬的食品。

我这次去没见到他最后一面，估计他是无疾而终，可能是因为早饭没来吃，服务员来找发现他已去世。他去世我没有感到惊诧和难过，因为这一年他的身体每况愈下，上个月我来看他，就看到地上有大便的痕迹，说明他去厕所已很费力。他也曾玩笑着说过，有可能下次我来就见不到他了，我只是笑了笑没说话，但我心里明白，他说的是实话。这次我就差几个小时没看到他，还是有些遗憾。

陈老伯在我到达前一刻离去，半年前，2022年8月，发生在我生命中的还有一件很相似的事情。2022年我在《世界日报》发表了散文《一块木雕》，追忆我的好友王治宙。文中记述了我2022年8月4日早晨8点45分，我到他家楼下接他做化疗后的抽血检查，然而他在6小时前凌晨1点多他晕倒被送到医院，次日凌晨1点多去世。他们都是把我视为亲朋，能说心里话的挚友，我猜想他们用最后的生命气息呼唤过我，但又因时空之差我们不得不错过最后一刻相见。我不知道他们生命最后时刻是否呼唤或想起我，但我的脚步此刻迈向他们了。

"朋"字是两个月比肩而立，代表两个生命相依，彼此气息相通，但此关系为亲朋，与血亲还是有一步之遥。

这一步有多远呢，我与父母和哥哥的最后相见与之比较便可得知。我母亲是在1985年我25岁那年离开我的，记得她患癌症时，我一直陪伴她始终。弥留之际我一直坚守在病床前，实在顶不住，她用手比画，让我回家睡一觉洗洗澡，我哥哥姐姐们守着。那天半夜我哥哥骑着摩托车回家叫我赶快去，说妈叫我呢，我纳闷，她说不了话怎么叫我呢？原来我走后不久，她就拼命摇头，我哥问她，她无法表达只是摇头，哥姐们猜测她是否想走后葬在哪儿，葬在老家还是北京。他们就找来笔用粗体字写北京、山东，她更拼命摇头，后来他们写了个"瑞"字，她点头并立刻闭眼安静下来。我赶到后她已经只剩呼吸了，一个多小时后开始吐，我抱住她的头用纸不断擦，直至她停止呼吸。同样，我的父亲临终时，也是我们全家看着他的心率曲线逐渐拉直。我的哥哥病危时恰巧我们回北京，他当时在贵州休养，原计划回北京看我，没想到回来的是病危的身体，直接进了301医院抢救。当时他每天只能清醒几个小时，我陪了他一段时间，等他病情稳定后我们便回温哥华了。当家里报给我他又病危时，我又从温哥华赶回北京，提着行李直奔医院，我在医院再看到他时，他的意识几乎已经消失，我庆幸上次回来见到了清醒的哥哥。

我联想起来，我亲眼送走亲人，而告别挚友总是差一步，是什么内在神秘的信息在传递？难道真的有所谓的第六感？据说有人研究，双胞胎无论相隔多远，当一个人有恙或哪怕是心情不好，对方都能感应到。还有的人能感觉到父母身体不好，比如忽然觉得应打个电话或回去看看。我曾看到过视频，动物世界里也存在类似现象，生命间存在着科学还无法解释的另一种信息传播方式。世界上很多科学家为寻找它苦心研究至今，虽然尚无结果，但亲身经历的这些事实让我相信有。

亲人间心的连接虽然与朋友间的连接方式不同，但是我们每个人都生存在一个人类大网的各自节点上，彼此支持，彼此看顾，成为命运共同体。让我们珍惜亲朋好友，彼此相爱。

2023年1月于温哥华

量化了的情感

我们常在文艺作品里看到一些动情的誓言，你是我一生中唯一的挚爱，你是我唯一的孩子，你是我一生的追求等豪言壮语。其实人一生有很多个唯一，但唯有一个父亲母亲；唯一的一次生命；唯一的出生和死亡，生活在同一个地球上，沐浴同一个太阳的光。人还有无数的第一次：第一次的记忆，第一次上学，第一次工作。就像没有完全相同的两片树叶一样，人生没有完全重复的经历，几乎都是第一次。

当二出现的时候，一显得有些苍白逊色，再有三四甚至五六时，人一生的情感只是分数中的分子，被分母分得七零八落了。但有时第二出现的时候更激动，例如买第二套房子，换第二辆新车等。特别是第一次不如意或失败后，往后的感觉会更好，例如毕业实习找到的第一份工作是幸运的感觉，跳到下一份工作是激动的，再跳到第三份、第四份工作越跳越理想。有人称第二次婚姻有重生的感觉，有的夫妻有了二胎更激动，总想用精心养育老二来弥补养育老大时的不如意之处，或者实现儿女双全的圆满。也有人第一个都愁得慌，女人常常愁婆婆，婆婆这个第一有没有无所谓，再婚后见第二个婆婆就哆嗦。我工厂聘过一位来自西北的女工，她连续两个春节不回家，我因要为她一人安排节日的吃住很麻烦，所以问她不回家的原因，第二个春节，她跟我说了心里话。她排行老大，有七个妹妹，最小的是弟弟，因为孩子太多她母亲记不清孩子的大名、生日，甚至哪个吃饭了没有。确实，不是专门记忆换我也顾不过来。她说："我出来几年了，第一年回家带了些钱回去，后来没回去过，也没有书信往来，我就是死了他们也不知道。"的确，她的父母也顾不上惦念这么多孩子。亲情随着亲人的数量增加被冲淡了，这里有生命科学的理论支持，有些人的大脑在某时刻只能聚焦在一个点上，然后从一个焦点移到另一个焦点，不能同时思考两件以上的事情，亲人多了脑子转不过来。这个原理我在教授的一门斯坦福大学开发的慢性病自我管理课程里讲过，生活中要求司机不能开车打电话，不能分心驾驶，就是以此为依据的。还有心理学上的互补原理，当互补的事物形成一个完整的心理时你就会喜爱，反之亦然，这也符合阴阳学，该学说认为任何事物由阴阳构成一个完整的圆是最好的状态。当心理互补的事情失去对称平衡时，人就出现不愉悦的情绪。那位女员工家有八个女儿，其父母心理显然会失衡，更谈不上想不想她了。有的时候，一个人孩子多了，亲朋多了，大脑的聚焦点散成一片，情感也慢慢变得茫然了。

我移民到温哥华也有这个感觉，十年前来时这里华人少。我记得，只要有机会接触到华人，无论国籍是中国、越南还是缅甸及其他，只要说中文的都能聊，聊各国各地的事情，好像都是自己家乡的情景，越南、缅甸、马来西亚的华人生活听起来特别亲切。有位朋友说，他早我十年来到温哥华，那时见到华人说中文的说着说着就流泪，临别还会握手拥抱，那时即使有华人，但说粤语的人多，所以大多无法交流。随着华人多起来，华人彼此见面招呼都不打了，甚至有人见到迎面而来的华人就低头掩面，反而见着洋人会面带微笑点头示意一下。但到了繁华的市中心，我观察到，无论什么国家的人相见，都好像碰着电线杆似的视而不见。这个现象也能理解，你面带微笑，到底在向哪一位示意呢？刚来加拿大的时候，我觉得西方人文明素质高，不认识但见面微笑Say Hello，待时间长了见得多了观点就变了。这让我想起三十多年前我去山西我姨那个偏僻乡村，从乡里下车要走一个多小时的路才能到她家。那正值春节前夕农闲，哥哥接我沿路经过很多村子，记不清多少人坐在临路的墙头院舍跟我哥打招呼："来亲（qie）了？"然后亲切地问候一番，现在乡村热闹了，人往来多了，来个外人像来了个小贩儿似的理都不理了。

人情并非似物，以稀为贵，有些情感需要一定数量的群体才更亲更火热。我有一个"旅游群"，我在群里算是大哥了，有四家十来个人，出游坐两辆车到处玩，人少了不尽兴，人多了行动不便。酒友群人不宜多，最多四五位，围坐小桌推杯换盏尽兴交心，人多了碰杯还要站起来感觉就差多了。我还加入了"温哥华诗韵艺术家俱乐部群"，我喜欢表演和朗诵，这个群人少了没意思不热烈，群友活动常常限制报名人数如在一百人左右，有说唱弹跳，抒情又热闹。我登台演出时看到观众越多越来情绪，特别是座位坐满了观众时，心里更是激动，但看着满街攒动的人流心里烦得头脑发胀。人的情感情绪与所交往人的数量有密切并复杂的关系，要具体情况具体分析……

　　人的情感与物的数量也有关系，我经历了一个甲子，算是有阅历了。我小时候，食品种类很少，在北京，冬天菜的品种包括大葱也不超过十种，大白菜从没吃烦过，熬炒咕嘟炖，放点肉，来点粉条豆腐就是年夜菜了，现在我对大白菜依然情有独钟，冰箱里几乎没断过货。现在东南西北的菜种类数不过来，很多都喜欢吃，但要是问我哪种菜是几天不吃就想的还真没有。前几年我家附近经常看到排成队伍行走的一家狸猫，多的时候一支队伍有五六只狸猫，少的时候也有三只，后来很少看到三只以上的队伍，但最近两年没看到过它们了。我虽然知道它们没死，只是远离了越来越热闹的人群，看着狸猫数量减少，心里总有缺憾感。

　　人心虽不能斗量，可啥事我们心中总得有个数。

2020年5月于温哥华

移民见闻

　　北京东城区的一间公寓里，丁零零——急促的电话铃惊醒了凌晨熟睡的梁先生。他睡眼惺忪地从被窝里伸出双手，习惯地一只手摸眼镜，另一只手在床头找手机，看到手机屏幕啪啪地闪，抄起来不耐烦地耐着性子拉着长腔说："闺女，又怎么啦？"温哥华这头传来了女儿严肃的泣声："老爸！今天我问你一个严肃的问题。""闺女怎么严肃起来了呢，什么事又哭了？""我问你，我是不是韩鲜枝生的？""咋不是，你是石缝蹦出来的？看你的嘴、眼睛，跟你妈一模子刻出来似的。"女儿泣不成声："我怎么这么倒霉呀！"电话断了，老梁回拨，只听到忙音。他望了一眼窗外，路灯在寒风里战栗，摸着黑他往被窝里一滑又躺下了，嘟囔一声："这娘儿俩愁死我了。"顷刻，鼾声又弥漫在这间复式豪宅的空气和缝隙里。

　　妈妈陪着孩子在温哥华读书，老爸在国内做生意，这种家庭模式在加拿大很普遍，特别是在近年来的投资移民家庭中。梁先生一家投资移民到温哥华近五年了，女儿明年高中毕业，妈妈准备让闺女梁燕到美国上常春藤大学。梁燕学习成绩一般平均每科不到85分，妈妈给她请家教，给她安排补习班，但是成绩还是提高不多。妈妈早就跟国内的亲朋好友，特别是原来的同事说过，他们家燕子准备上旧金山的斯坦福大学医学院。燕子跟她妈说过N遍："我考不上！"妈妈硬逼着她报考，燕子每天下学不是去补习班上课，就是由家教在家辅导，比国内的高考生还忙。昨天燕子想跟同学看演出，妈妈说什么也不让去，她跟妈妈吵架几乎快崩溃了，妈妈也跟着哭但还是不让女儿去，这才发生昨晚打电话那一幕。

　　我和梁先生在北京是同行业近二十年的老朋友，我称他妻子为弟妹，燕子是我看着长大的。他们一家比我们移民加拿大早一年多。六年前，弟妹吵吵着要让女儿留学，梁先生说孩子太小舍不得离开孩子，可是他夫人硬说出去晚了对孩子不利。梁先生事业正红火也想趁现在有钱让孩子出国读书，但他犹豫不决，一会想让孩子自己去加拿大生活，一会又想孩子自己去太苦了得和她妈一起去。谁知梁先生正在犹豫时，弟妹告诉他给留学中介的钱付完了，下个月就能办完手续，九月份孩子到加拿大上学没问题。梁先生对他老婆先斩后奏这一招早已领教过N遍了，况且家里财政大权在他老婆手里，只好稳住心神赶紧哄闺女："爸爸一直想让你去，就是爸爸舍不得离开你。"

梁先生正在会客室跟客户谈合同，放在办公桌上的手机嗡嗡地震，过了一分多钟依然震个不停，"不好意思，我老婆急电。"老客户都知道梁总怕老婆，戏谑道快点接晚了回家该罚跪了。"什么事快说正跟客户谈事呢！""你快来贵友大厦中介小张这儿一趟。""什么事这么急？""小张说咱们可以办投资移民，闺女可以省学费。"梁先生一家稀里糊涂地让中介小张给说动了，小韩——孩子妈先带女儿到温哥华读书，梁先生在北京办移民手续。孩子妈带着孩子在温哥华附近租房住，几乎每天和梁先生在QQ上视频。她们从没来过加拿大，只是经常到国外旅游，这次一猛子扎到温哥华住下了，心里有说不出来的滋味。燕子骄傲的神情溢于言表，因为学习比国内轻松得多，每天跟国内同学通电话视频，介绍加拿大环境美能吃全世界的西餐，恨不得把同学都叫来。孩子妈跟女儿差不多，白天给朋友写邮件发图片，把"天堂的感觉"用语言和图片配套讲解给国内的朋友。没住一个月，娘俩就开始想家，早早买好了圣诞节回家的机票，天天看日历盼着回北京。梁先生也想她们娘俩，一是生意忙，二是觉得过几个月她们就回来了，况且她们娘俩经常出国玩一个多月，又经常跟她们视频，因此没感到寂寞。夫妻俩视频第一句话总是说："你给我老实点儿啊，我可有眼线！""老让我这么耍单我可受不了啊！"老梁回一句。

和闺女战争频发是在闺女九年级，因为说不过闺女，也管不了了。某天早晨，"燕子快来吃饭。"妈妈喊了三遍，燕子才回了一声："马上。"燕子站在餐台旁端起一杯牛奶正要喝，妈妈端碗粥转身给闺女，啪的一声她把碗摔在大理石台面上说："你给我洗了去！""凭什么？"燕子反问。"化妆成这样还像个学生吗？"燕子初次的化妆确实有点"初级水平"，虽不浓艳但是妆容有点欠妥。燕子拿起面包坐下接着吃，妈妈一步蹿过来夺过燕子手里的面包狠狠地摔在地上，用脚边跺边喊："你给我回去让你爸看看。"喊完自己又哭起来了。燕子只好求饶。最终妈妈看燕子很多同学粉黛靓装，也慢慢接受了燕子的打扮。

听到看到这些事，感觉就像在体验温哥华美的过程。首次来到温哥华，飞机抵近温哥华上空，她们鸟瞰到的是其自然朴素一点也不张扬。在机场和到白石沿路上，孩子妈妈似乎回到了老家山东沂蒙山区，透过车窗寻觅现代的气息。到了朋友家，灰色调的建筑、门前花园、原木色大门，母女俩四只眼恨不得变成十六只，目不暇接。进门迎面大厅，好像北京音乐厅的吊灯从二楼直抵大厅中央，现代化的气息飞进了凝固在她们脑海里加拿大自然美丽的图画里。温哥华的美就像贴身舒适的内衣，日夜相随相伴，但是已经没有感觉了。

花钱的事就是比挣钱的事办得快，没费太多事，梁先生只是一次一次地去交钱，一年多，移民纸便拿到手了。梁夫人听到这个消息一下哭出来，电话里跟梁先生就说："我又有家了。"梁先生听了一愣："你一直有家啊！""我是说在加拿大温哥华有家的感觉了。"移民身份给了母女俩一顶镀金的桂冠，跟国内同事朋友交流立马变了态度和语气，俨然一副加拿大居民的口吻了。燕子原来总是和国内留学生一起玩，不愿意到移民同学家去玩，这下她也挺直了胸膛，几乎跟每个移民同学都说："我妈把房子都看好了，我爸下次来了就买。"梁先生到温哥华与家人团聚，第一件事就是看房子。其实梁夫人早就把温哥华附近地区了解个透彻了，她带梁先生看了她看中的两套房，但是具体哪套她拿不定主意，决定权这次交给了梁先生。房子四室两厅三卫，一家人搬进新家第一天兴奋不已，先到希腊餐馆庆祝了一番，晚上闺女硬挤在他俩中间，一家三口睡在一张西式加宽大床上，凌晨才入睡。梦中梦见了宣传温哥华的图片上，荡漾在雪山下面碧蓝湖水中香蕉型小船上坐着的不是金发碧眼的老外，而是自己一家，梁夫人一下从梦中惊醒，开灯看看女儿和老公正酣，心落了地，一头栽倒在枕头上入睡了，三人一觉睡到中午。

梁先生为了移民也成了太平洋上的飞人，他到温哥华十天都倒不过来时差，可回到北京睡一觉什么事都没了。看来他对温哥华有点水土不服，"这个家不适应我，看来有两个家就像爷们有两个丈母娘一样，不好过呀！"老梁自言自语着。后来老梁干脆在温哥华不倒时差了，正好晚上跟国内公司一起上班。

有一次老梁在去上海的高铁上正聊着天，燕子用手机给爸爸打电话，压着嗓子说："爸爸，你老不来，我告诉你，我妈有点不对劲。""怎么啦，病啦？""你真傻，我告诉你，你可千万别跟我妈说，要不我就完啦。""什么事快说。""我上英语课，她总是带两份饭，大块肉都塞到那个大饭盒里，我有时候都没吃到肉。""燕子，我告诉你，你好好念书，你妈她没事，别瞎猜。我说她最近总是在网上买时髦东西，有别的人到咱家来吗？""你不是让我别瞎猜吗？我不知道。"没等老爸再说话，手机传出了嘟嘟声……

2015年2月于温哥华

空"闲"之美

仲秋夜晚，我和歌唱班的同学沿着一号高速，从加拿大的本那比市开往温哥华。周日的夜晚将近十点钟，一号公路上车流如织，车速如梭，并线好像打仗抢占高地似的危险紧张。记得八年前来到温哥华，那时一号高速路还没扩建，周末就是白天路上也没那么多车，当然当时车速比现在不算慢甚至更快。我同学也是来自北京的投资移民，他开着车，我斜躺在副驾上。"你喜欢温哥华吗？"我为了缓解他开车时的紧张跟他聊天。"我挺喜欢的，环境好又清静，锻炼锻炼身体，现在又唱歌，就是温哥华车速太快，我都不愿意开车出去。"我这位同学能在温哥华待下来，是个有"道行"的人，我们所谓的"道行"是说，这个人能在嘈杂的环境中静得下来，沉得住气。一个年过半百的中国男人，能在好山好水好寂寞的温哥华待两年，也是一种有"道行"，这类人移民来加拿大算是选对地儿了。

另外一位同行的北京老板，和我几乎同时是九年前移民到温哥华的，四年前耐不住寂寞"回流"了。几年里，我认识的和听说的投资移民几乎一半都回流了，另一半大多也是无奈地忍受每天平淡的生活。

我还好，刚来头两年带着新奇感熟悉生活环境，慢慢找到了自己的圈子。我努力把事情装满二十四小时的日程表，睡觉、做家务、看孩子、学英文、写作、吹萨克斯等，时间表在脑子里列出来，保持适度张力。我觉得比在国内轻松许多，没有愧对移民的选择。国内的朋友来看我，都非常羡慕我的选择和生活，梦想有朝一日能和我共享温哥华的蓝天绿水。

窥视加拿大人的生活，我不解他们闲适寂静的生活方式，和隐居似的居住地点。我喝不惯咖啡，但是喜欢闻咖啡溢出的发煳了的味道。我更欣赏他们独坐咖啡馆，手摆弄着咖啡杯，眼望着窗外，看着报纸或者用铅笔用力地填报纸上奖票的空格。我经常晚上九点多去咖啡馆，目的是选安静点的时间，另外那个时段大多是老外散坐着喝咖啡。他们有的独坐，有的合桌而坐。我买一小杯咖啡，坐在观察范围最大的位置，学他们的样子握住半个杯盖喝咖啡，佯装四处无意环视，实际是在观察他们的动作神态。我早晨会去咖啡馆，几次看到门内大多是老年人喝咖啡，门外是白人流浪者，他们有的也端一杯咖啡。无论早上还是晚上看到的白人，都是一副漫不经心、闲适无忧的神态，动作舒缓轻松。我不知道他们的大脑是否空静如远山，或被袅袅咖啡的苦香充斥。但我肯定，他们不像国内匆匆忙忙吃早点的人，吸溜着热汤好像有什么急事要做。我们学习西方科学技术，学习投资经营挣钱，模仿着喝咖啡、吃比萨、过圣诞节。有的人像我还移居到西方社会，和他们住同样的房子，到同样的商店购物，可是我学不来他们悠闲的生活情趣。

享受空闲、忙里偷闲对我或大多数华人来说是比挣钱还难的事。

其实我们的先人也有过这种悠闲的生活。南宋马远创作的画《寒江独钓图》空疏寂静的江面上，只有澹澹微澜，一叶扁舟上有一位老人俯身垂钓，没有云崖江柳，没有鸿雁，甚至没有樯橹。古人推崇的悠闲空寂境界，其实也是我们现代人的追求和梦想。马远为什么没画江岸猿啼的崖壁，没画周边的钓船？我想马远一定是那个钓夫，他心中空落得只有微波澹澹的江水。空是万有，他空寂的心中装有比清明上河图里还多的船只，商贾棹夫。画中的留白，是画家心中的万有，留给欣赏者无限遐想。在留白处你可能想到沉舟侧畔，想过赤壁之战等。

我不知道握杯凝目的外国人，眸子里放映的是哪段情景——是挣够钱了不用发愁，还是今天信用卡能刷出的最后一杯咖啡。

"云暗重重树，烟横画面山，苍茫人独立，意在有无间"，这是一幅水墨画题诗。画境是在似山非山似云非云的枯树下，老翁持杖独立，心中似空似有。我伫立在画前寻找山中云，云中山，越看眸底的图像变得越模糊，山绕着云，云缭着山，记忆中的画面浮现在云山雾罩里，感觉轻松释然。一幅水墨丹青享得一生闲，闲得千金难买。

音乐中的停顿即休止符更是美得震撼。钢琴大师施纳贝尔说："我认为我和别人弹琴的方法没有太大的区别，只是音符之间的停顿。"停顿是音符，就像文中的标点符号，它是情感节奏的表达。交响音乐会上我们常常看到，曲终，指挥手中的棒仍停留在空中，乐师们保持演奏的姿态注视指挥，当指挥手中棒落下，乐师放下乐器，随即观众掌声响起。再仔细观察乐曲流淌过程中，观众屏气凝神，在最后一个音符落下的时刻，按捺在心中的热血和眼中的热泪从尾声的音符，从指挥的棒尖喷射或缓缓流出，直到指挥棒落下，观众才释然于掌声和欢呼声。指挥棒落前短短的几秒钟停顿蕴含的寓意了得，无声胜有声，在观众的心中撞击出万般波澜。曲终人散，仍有人默默地沉浸在飘出的乐曲里，乐曲激荡着心动的节拍伴他一生。

年轻时我很反感京剧，看演出时只要下一个节目是京剧，立刻离座去洗手间或到休息厅。一是我听不懂内容，二是我厌烦一个字腔拖得能绕北京四环一圈。节目散场后看到有的老人边走边默默地摆着"拿腔捏调"的姿势，他们还沉浸在戏中，享受在曲终无声的空白里。这空白里是曹操、关羽还是刘备，或是他把一生酸甜苦辣缠绕在"哼""哈"音儿上，自娱自乐罢了。我喜欢节奏快的节目，我的青春年华正赶上波涛滚滚的改革开放时期，如鞭的开放洪流催动年轻知识分子的步伐，哪容得下片刻的停留。那时人们追求忙和快，有钱就胡吃海喝，我也未能幸免，吃出了糖尿病和高血压，落得余生以药为伴。知天命之年踏入宁静安逸的加拿大生活，一切都变得疏淡了，人与人之间，房与房之间，就连天上的云霭之间都疏淡了。购物或到银行排队时，人与人之间保持一臂之隔的间距，人们安静地等待，初来时不习惯，后来慢慢品出了其寂静距离之美。

我国古代先贤郭象所著《庄子注》对"无"解释为"道"即"万有"。先秦道家说，万物生于有，有生于无。这个道理从物质世界无法阐释，从哲学角度可以琢磨其中的含义。当冥冥之中大脑空寂，你就会感觉到那种平静安和仿佛融入整个宇宙。

现今是数字、速度的时代，人们不仅没从快速的交通和信息传递中挤出空余的时间偷得半点儿闲，反而手忙脚乱，大脑高速思维追随着飞速的信息和交通。北京的一位朋友说，4G时代的手机摁得他手指抽筋大脑发晕，下了地铁上地铁，他两腿抽筋。虽然人的大脑没有半点进化，可是不断发展的5G、6G高速信息时代牵着人走，可怎了得。随着科学技术进步，AI时代到来，人的休闲时间不断增加，如何享受休闲恐怕和技术进步是悖论。人们只有把心放下，丢掉烦心的杂事，享受有中的无，无中的万有。那时，我们端着一杯咖啡，静静地坐在星巴克门外，对川流不息的车流视而不见，飞动的云霭牵动着思绪直达穹苍……优哉美哉……

2019年2月于温哥华

移民老张找工记

　　温润的秋雨和折树的飓风荡涤了低陆平原酷夏的积尘，路面水泥、沥青质感清晰，我的大脑刚被细雨唤醒，却似乎被温哥华几十年不遇的狂风刮晕了，我想劳动一下打打工。来温哥华五年多，宅男的生活，虽然有琴棋书画之好，但循环往复的节奏好像温哥华的天气，再好我也有围城的困扰。我英语不行，工作找不到，我半生教过书开过公司，没做过按时上下班的事，正常上下班的工作我也干不了。在这开家公司当个小老板也不行，我考察过这儿的老板和国内恰恰相反，老板不是坐在办公室吆五喝六的，是早上开门下班扫地锁门的，是伺候人的。我早就想过，应该在温哥华当工人，体验一下工人阶级的感觉，也多接触点儿，因为打工接触人的感受就像路面的水泥接触轮胎亲密无间，不像坐在车上人感受路面，车下的弹簧窃去了大部分的触感，人被束之高阁。

　　君子讷于言而敏于行，此事跟谁都没说，我立刻上网找工作。由于英语水平有限，我只好在中文网站找，点击温哥华招聘网一看，一串一串的招聘信息跃然屏上。到处都是餐馆招工的，我想餐馆也不错，能练习英语，当年我同学到国外留学没有一个没在餐馆打过工的。我一想不行，餐馆洗盘子总得站着我受不了，不比我同学当年他们年轻，况且这个工作接触人范围太小。再搜索，我看招聘教师和园林、装修帮工很多，这些工作我在行，我是教师出身，教物理数学没问题，小时候我还干过木工，所以干装修我拿手，我还开过工程公司，懂技术。

　　我捧着iPad联系了几家学校，它们答应我面试，我去几家面试后均告失败。面试老师基本上都是婉转地对我说您是教授，又搞过那么多科研，专业没问题，英语您再加强点，您听我电话有学生我们联系您，结果毋庸置疑就是石沉大海。园林和装修公司都很热情，我一打电话联系，即使是晚上十一点多打电话，老板基本上都这样说："来试试吧！"君子敏于行，第二天就上班。

次日我比往常早起半小时。早餐，我双手捧着碗边嘴贴着碗沿，边吹边吸溜面粥。上四年级的小儿子说我："爸爸，你凉凉再喝，着什么急呀。""爸爸今天要上班啦！"妈妈面带微笑地跟儿子说。"您在温哥华开公司啦？"儿子接着问。"爸爸不是开公司当老板，今天是给别的老板打工。等晚上爸爸挣了钱带你上Tim Hortons（Tim Hortons，是全球著名咖啡连锁品牌，诞生于1964年的加拿大多伦多旁的宁静城市汉密尔顿，由冰球运动员Tim Hortons先生创立）喝咖啡，今天不送你上学了啊。"我跟儿子说着，起身去穿工作服去了。

我开着我的沃尔沃小跑车，从十七号转到九十九号高速一路超速行驶，跑车高速行驶时感觉车贴在路面像夺路而逃似的，不到四十分钟就到了工地，工作的内容是在一家华人房屋里铺地砖，我环视院子，除了有几平方米的院子不用铺，其他地都准备铺地砖。这不是把国内的别墅搬到温哥华了吗，院子的面积还没房子的大，外结构装修风格也是雕栏玉砌。

我一进院子就看见蹲在地上铺地砖的师傅，穿着翘着头的高勒大皮鞋，膝盖套着黑护膝，帽檐朝后，腰带上别着卷尺。他看见我就抬头转向我说："你是张哥吧，我姓陈，老板还没来呢，你过来，你先把那两排地砖撬下来，戴上手套，那儿有工具。"我看到建筑用的工具既熟悉又陌生，我在国内的公司，这些工具都是常用的，似乎能想起每件工具的价格。但是加拿大的工具精致得像艺术品，锤子柄是空心的，而国内的工具买来后要不磨一磨蹭一蹭没法用。我戴上手套感觉柔软舒适，握住锤子砸了一下，手套的胶层把敲击的震荡转换成手掌按摩的感觉。我说，"加拿大很多人不坐在办公室当白领，却干所谓的小时工，用起工具就像玩儿健身器械。国内来的原来是白领、官员、教师，到温哥华也当上了建筑工人，这儿的工人和国内的工人感觉、概念真不一样，用简单的话说就是'太带劲了'"。

我仔细看铺好的地砖缝隙大约两毫米，比长城砖之间的缝都小，中间灌满了沙子，我敲了两下砖，纹丝不动。我心想得用巧劲，找了两把扁撬板一手一个从两边往上撬，铁板撬水泥砖，撬得嘎吱嘎吱响还是没动静。我环视陈师傅他们三位,似乎没人关注我。我琢磨这砖之间就一点沙子怎么就卡住砖这么紧?我一手用锤子敲一手撬,砖还是纹丝不动。我走到装沙子袋那捏起一点看了看,又看了看沙袋上写的字,这是专用扫缝的河沙,又仔细看沙粒干净大小几乎一样,加拿大就连沙子都是专用的。我毕竟是教物理的,明白了相同大小的沙粒共同支撑着砖形成合力,沙粒锋利的外棱角又扎到砖表面里,砖不可能被撬起来。陈师傅走过来:"张哥,这砖撬不起来。"说着抄起一把錾子,单膝跪下砸了几下,砖被砸出一条缝,"这砖得这么一点一点砸。"陈师傅说着把錾子递到我手里。此时我想起来,我当老板时也看到工人不会干活,我会说一句:"真笨!"君子动口不动手,我不会示范给他,说完走之。

"歇会儿,张哥,抽烟吗?"陈师傅边从用塑料膜封着的砖垛上拿烟边对我说,"谢谢,我不会。"我回答着找块砖坐下拿起水杯喝了一口。"这是老金师傅,这是王师傅。"陈师傅一一介绍。"张哥,国内做什么的,到这儿干这活?今天这活算是轻的。"陈师傅大概从我头发白的程度判断我干不了重活。王师傅喝着水看着地漫不经心地问我。"我原来是老师,后来自己也开过公司。""呵,你俩是同行,王师傅也是老师,教美术的教授,您在哪儿教学?"金师傅问我。"我在北京一所大学教物理的。""你们都是专家教授,要不咱们的活干得这么漂亮呢。"老板搬着一箱水坐过来调侃。"孙老板名叫Rocky,以前在国内是一家银行的信贷科科长。"陈师傅说。

我问Rocky,"咱们下午几点下班?""正常的话是六点。""我能五点走吗,我岁数大,少干两小时十点上班怎么样?"没等老板回答,王师傅插话:"我们都想多干点,多挣几加币,赶明儿下雨就干不了了,看来你不指着这个吃饭。""王老师你怎么不教孩子画画呀,又能挣一份钱?""那挣不了几个钱,每天累得要死,哪有工夫再教课。我到温哥华受罪啦,从国内带的钱买完房剩不了多少,这儿开销比国内大多了,英语又不行只能干体力活。"Rocky接着说:"老王知足吧,我在国内从来都没拿过砖头,除了用它打架。到这待得实在没意思,跟你一样干园林、装修,别的也干不了呀。我还真不为挣钱。""我看你跟这帮有钱的业主混得挺熟。"陈师傅朝着孙老板说，顺便从他那儿拿了根中华烟。"说实在的，他们在这跟我这么客气，要是在国内我可能没资格跟他们一桌吃饭。王师傅，你知道八街那个姓李的吗，给咱们黄鹤楼烟，一千多块一条。"Rocky眉飞色舞，边说边咂嘴颔首。

我问："陈师傅，砖起完了干什么？"他让我推砖给铺砖的两位师傅，我应了一声。我推着独轮车——好轻呀，往院外去。孤零零的一朵冰山状白云挂在湛蓝的苍穹瞬间闯入我眼帘，我举目微睁望着蓝天，莫名想起我中学学农劳动推独轮车的情景。那是深秋挖河，应该是跟此时同样的季节，天也是这样蓝，只是云像鱼鳞。那是我第一次推独轮车，我在中间推，两个同学在两侧扶着。一不小心车轮陷入淤泥里，车身左右歪来歪去，最后两侧同学赶忙扶着车架，三人合力总算把原本装了一满车现只剩了一半的土运到河堤上，上来一看，车胎一点气都没有了。

我到温哥华就是享受蓝天白云，享受那曾经的清纯简单的生活，我又找回我的童年、少年的感觉。今天意外的收获还不是蓝天白云，而是我享受了一生第一次无思无念的工作，"陈师傅，砖砌完了干什么？唉！"这几乎不假思索地一问一答，不正是语言的纯真原意吗？我大学毕业后当老师，后来开公司当老板，也受聘当过专家，工作都是用脑指挥。前十年乐此不疲，后十年越干头越大心越烦。移民给我这种生活画上了句号，到温哥华一待三个月美得要死，心一横便把国内企业转手，不想回去了，带着孩子游山玩水吃海鲜抓螃蟹。到现在待了五年多，加拿大单调的景致、一种口味的西餐和让我总是找错路，熨平了我的激情。而愚憨的一问一答：干什么呀，唉，把我推入了理想国，我脑子里只有蓝天，不想掺进一丝云彩，腿都不需要它指挥。空空如也，也还是空。茫然中当的一声，独轮车撞到砖垛上，立刻我眼眸里、脑子里都是砖了。

"吃饭吧。"老板说，"张哥带饭了吗？"他追问了我一句。"没带，我上八佰伴美食广场吃羊肉面去。"我看他们有的拿保温饭盒，有的从车上提个冷藏器下来。"房东你好，齐老板什么时候回来，得再给我点钱啦！"Rocky

提着饭盒冲着从门里走出来的三十岁左右的女士说。"真巧我正要去机场接他,嘟嘟这边走。"女士边回应着Rocky边叫着孩子。金师傅问Rocky:"等见着齐老板再要那五百块钱吗?""电话里我都跟齐哥说了,可能是我忘了。"Rocky答,"后来陈师傅跟我说,这女士也不容易,自己在这儿带着孩子,老公没这儿身份只是偶尔来住几天。"Rocky边吃饭边跟金师傅嘟囔几句。陈师傅看到我疑惑的眼神,朝我解释说,这位女士被她前老公给甩了,那家伙也在这附近住,又从国内找了个跳舞的。这女士回国在青岛找的齐老板,姓齐的原来有两个孩子,跟她又生了个儿子,叫嘟嘟。事情经过是这样,上次Rocky跟齐老板要钱,他不在温哥华让Rocky先从她那儿拿五百块钱,Rocky到屋里找她要,她说明天取了钱给。有意思的是Rocky第二天有事又过了一天找她要钱,她说:"我给你了,就放在桌子上,你忘了?"Rocky跟齐老板不能再说,闹不好她挑刺找毛病活就不好干了。"嗨,她也不容易,看是住着豪宅其实跟家政保姆差不多,那五百块没准她干什么了呢!"王师傅说。

打工给我一个机会,让我用仰视的目光看陈师傅、王师傅和Rocky老板,让我从门缝窥视五百块钱的趣事,让我明白几吨重的车压不坏小小地砖的道理。我享受到累了饿了和风而餐,随意席地而坐的畅快。人虽然有胳膊有腿,但一生总是怀揣着理想踏入曲折坎坷的蹊径。其实人生只是浮尘,随风而就,像鹅卵石随波浪翻滚。来到加拿大的华人要么有钱,要么有知识和技术。应该算是和祖国风雨同舟几十载的,今天一个移民大潮把我们裹挟到地球最宜居住城市之一——温哥华,今天我们回归用手胡噜着沙子码放地砖,找回了最惬意的感觉。

秋高云淡,温哥华火辣的阳光透过工装照着我的后背,蓦然回首,几十年夕阳依旧……

2015年11月于温哥华

老移民

　　2018年元宵晚会在欢快的中国大鼓点声中宣布开始，主持人依次介绍三级政要及嘉宾。首先介绍领事馆官员，接着另一位主持人熟悉亲切地介绍省、市议员的名字及出生地或学历、重要政绩等。我坐在前排会务和会长亲属桌上，当主持人介绍到我熟悉的嘉宾时，我会心地也向那位嘉宾挥挥手，有的嘉宾还眯眼或微笑回应我一下。我左手邻座一位中年先生目光紧随着主持人及其介绍的嘉宾，瞥见我的动作，身子向我斜了一下问："您是老移民了吧？"他一定是根据我认识政要嘉宾较多判定我的移民年份的。我说："移民八年了，算不上老移民，认识一些朋友。"我无法判定新老移民的界定，但是"老移民"这个称呼让我有点自豪感。

　　记得我刚移民那会儿参加活动，陌生的老移民，主动帮助我们取食品，领我找卫生间，还教我怎样从卫生间里面锁门。我知道他们从我拘束的动作和东张西望的眼神，就能判断出我们是新移民。特别是那会儿我到超市，从找路到店里找东西，经常出错来回折腾。语言不通是我移民初期感到最尴尬的事情，我在国内学了点英语，不知怎么就是不好使。记得去麦当劳点餐，记不得点错过多少次。有一次我们想点套餐要薯条不要饮料，可服务员拿上来的却没薯条有两杯饮料，那时我特别羡慕老移民。

　　我什么时候能成为老移民，老移民有什么标准？我用学者的认知方式，总想列出几章几节内容然后学习。我经过询问了解，要想尽快地适应加拿大生活，首先要英语四级以上，再多接触环境，例如图书馆、运动场所、购物的几大超市等，最好找个说英语的工作。学会基本礼貌用语，开车礼让，学会耐心排队等待。开车不能鸣笛、超车、带插缝，看见路口要一看二慢三通过，加拿大低速驾驶也违规。有人给我介绍他的移民感觉："当你吃饭给小费像购物付税那样自然平静觉得理所应当，你就适应加拿大生活了。"无数个如何融入加拿大生活的知识，像往书柜里码放书一样，我将其一一存入大脑。

我去年写了一篇文章《居四年为故乡》，这也是当年一位邻居谈的感受，他说连续在加拿大居住四年左右，就会慢慢熟悉、找到家的感觉。故乡和老移民，我厘不清它们之间的关系，故乡是感觉而老移民是称谓，对我来讲似乎都是感觉，用理性思考我找不到其中的关联，大概只有真实生活才能解释其中的微妙。

参加活动时我经常要接送一些同行的朋友，这三年左右我基本上不用导航了，即使不熟悉的地方，我出发前先看地图，路上看着路牌就能找到目的地，只是复杂的路线偶尔用一下导航。因此不少乘车的朋友，看我熟练地驾车找到最佳的路线到达目的地，常问我来温哥华多少年了，听到我回答七八年了，朋友多半会接着说："呦，你开车比来这儿十几年的都熟练。"在这些朋友看来，是否轻车熟路算是判断新老移民的一个标准。

我和孩子足球队伙伴的家长，一同看孩子踢球，边看边聊天。他来加拿大十几年了，生意在国内，他是常年空中飞人，也算是老移民了，但仍然不习惯吃西餐和温哥华冬天的淫雨，他说他在这儿就是陪着家人，真有点坐牢的感觉，哪都不舒服。他的话当然是玩笑，只是没有更贴切的词语来表达他的感受。有夫人陪着一同带孩子玩，这是什么牢房？多美的事！但他的意思我能理解，他虽然移民很长时间，但是他的心没在这。因此，判断新老移民也不能用移民时间度量，应该用心在哪儿来度量。

温哥华是爷们的地狱。温哥华各种场所，像英语课堂、庆典、同乡会等，基本上女性居多，她们不都是空中飞人老板的太太。其中部分是老公混不下去了，离家出走或离婚了，他们移民时间基本已经十几年。他们大都在加拿大工作过，有的在东西部都生活过，熟悉加拿大的山山水水、大街小巷，最终他们选择离开加拿大，离开家人。他们当年揣着追求新生活的心安放在加拿大，像种树一样悉心浇灌呵护这颗心，一个地方不适应再换另一个地方，可是最终移来移去大都移回了故乡。像浮云那样飘荡的心，多长时间也找不到安稳的地方。

有一次朋友聚餐，一位女士说："介绍一位老外Mike，我老公。"另一位纳闷地说:"我们常在国内称呼白人为老外,在温哥华仍称呼白人为老外,我们在这儿才是老外呀!"这句话让我意识到了,我们是移民,是这里真正的老外。当我们没有意识到自己是老外的时候,就有了主人的意识了,好像我从北京到了云南没有陌生的感觉,就有了老移民的感觉了。

一位朋友告诉我,二代移民才算老移民,从英语发音就能听出来,他们说地道的北美话,小学前来加拿大的才算二代移民。联邦和省移民身份的议员大多是少年时期移民来的,他们融入加拿大政治、工作、生活程度较高,否则很难参政。有些议员是大学留学过来的,但他们从小生活在英联邦国家和地区,英语是官方语言。这些实例也说明,老移民与祖籍地有关系。

想起去年看到的一篇中文报刊的文章,作者谈到移民感受时说,当我住在加拿大找到安全感时,才有了家的感觉。是啊,当我们驾车走错了路不慌,很快便能找到路了;看到各种肤色、发型、穿着的人习以为常;随便想换个工作时不着急了,淡定地休息几个月再上班;被警察拦住心里不再紧张;孩子与孩子发生冲突时,不管对方是什么肤色的心里都能坦然面对;从容地乘坐公共交通,低着头就能走到车站,到哪儿都不再紧张害怕,我们就可以算是老移民了。

人生活求的就是踏实,脚落在踏实稳当的土地上,人就会感到安全,当然这块土地需要我们用心焐热它。平安是真正的家!

2018年3月于温哥华

一块木雕

——忆与王治宙的交往点滴

　　我家楼梯转弯处迎面墙上挂着一块手掌大黑色的木版雕刻挂件，像一块木版画的模板，刻着密密麻麻的几乎是点状深凹的图案。木板上涂着好似干的墨迹，若蘸一层墨汁可以印出图案，我每次上楼木版画都无遮拦撞进眼睛，可千余次与它邂逅从来没有看出图案显示什么意思。这块木雕是我儿子带王治宙到癌症中心看医生后回到他家，让我儿子带给我的。记得我儿子回来提着一个小纸袋，他从纸袋里掏出这块木雕平淡地说：给你的。我问：医生说什么了？儿子回答：医生说他的癌细胞没切干净，继续切掉剩下的半边牙骨存活期六个月，保守治疗的话三个月。他说的口气很平常，我听后不以为然，我说：哎，很多病人被医生宣布三个月存活期，大部分最后都活得好好的，有的还完全康复了。

　　我拿着木雕仔细看，看不出刻的图案是什么，用我鉴赏用的放大镜仔细看也没找到答案。王治宙家里挂着和摆放着很多淘来的艺术品，我常去但从没看见过这件雕工细腻的作品，应该是他的珍藏品。我跟夫人说："王治宙是在做临终安排呢！"她嗯了一声。当我得知他走了，立刻想起木雕，从墙上取下端详，似乎在密密麻麻凸起的牙签头大小的点子中看出很多图案，一会儿像这个一会儿像那个，一会儿各种图案交织在一起。我似乎看到图案里有我也有他，虚虚实实映着我们的交集片段，盈眶的泪水一会儿聚集一会儿滚落，一幅幅我们相聚的画面在我的眼睛展开。

　　我们关系非常好，互为弟兄，我们相识在他主办的一次音乐会中，后来慢慢生活层面的交往使我们更亲近。记得他最开心的一次是我们俩去Crescent Beach（新月海滩）划船，之前我们几位朋友一起去过一次他没划过瘾，这次是我跟他约定就我们俩去，一人一条船。我带了一条小型皮划艇和一个站立式水滑板，这次他想尝试玩一下滑板。他当然没我这两下子可以站在板上划，他时而坐着用桨划，时而趴在板上以手代桨划。我担心他划翻了掉到水里，问他游泳技术咋样，他说以前是武汉长江边长大的没问题，我划着红色的皮划艇奋力疾驶，他坐在桨板上徜徉碧波。远处疾速驶过一艘快艇，我急忙将船头垂直于涌过来的波浪，同时寻找他的身影，因为我忘了教他迎浪划板的方法。我远远望去，他好像躺在板上做着仰泳的姿势。沿着夕阳，湛蓝的天空云朵映衬在黛蓝的海面，微波在夕阳里闪着粼光，他的板随着波澜跳跃着。我向他划去想聊聊天，没敢喊他，怕他哪怕转一下头都会掉下去，划到他跟前直到他看到我。我俩划到夕阳落尽山阴，云朵撕碎的余晖像一片片火海映在苍穹，他穿着黄色的救生衣坐在红色皮划艇船头梳理着头上的水。我说，不走呢，再待会儿我游一圈去，他迎着晚霞用微笑回答我，赤霞淹没了他脸上的老年斑，向上微卷的白发里掺杂着黑发，像火里燃烧的草絮。我一只手扣着板儿，另一只手和他前后手抬着皮划艇向车走去，暮色伴随着我们在沙滩上深一脚浅一脚扭动的身影。

我开着车，他也注视着前方暮色里疲惫的人流，他跟我说："国瑞，我从来没有这么开心过。"我迅速地侧了一下头应声说："是吗？我看您从来都是微笑的！""我只是跟你才玩得这么放松，因为你性格好，直率真实，能真实不容易。"他接着说。我回应说："我，其实，真实我有的说，有的也不说，清楚地说出来的都是真实的，也有含糊的。我也是职业习惯，你看我当老师必须说话有理有据，开公司我都是当总经理，说话要兑现不能瞎说。"他认真地说："我真羡慕你的性格……"

在海面上我看到他赤裸的臂膀，恣意徜徉在水面上，任海浪追逐激潋拍打鳞光闪耀，我看出来今天他的心完全放下了，放到水面，浸入海中与鱼儿嬉戏，沉到海底枕在贝壳上，他像在伊甸园，无忧无虑……

大概是今年六月的一天中午，已经是他第二次手术后，他来我家敲门，我夫人开门说："您这一脸的汗，洗把脸去吧，国瑞出去了。"他依然跟往常一样微笑着说："我不进去了，"他松开一边肩膀，把背着的包转到胸前，掏出两块浅红色的木雕挂件，"这两个给国瑞。癌已经扩散了，胃里肺上都有了。"他说话时嘴里像含着一块饼，语气平静，熟悉他的才能听出大概意思。他每次来我家都是走过来，半个小时路程恰好做有氧运动，进门到卫生间脱掉上衣洗一把，把湿的背心塞到包里，然后喝茶吃饭，走时再带上一些剩的饭菜。以前差不多每月邀他一次到我家来吃饭、喝酒，我喜欢喝高度酒，他能喝半杯。有一次他说："我不喝酒了，喝习惯了以后到外边也喝，不好！"

　　和他最后一次见面是我和夫人参加一个画展，结束后送他回家。本来我们约定八月四日上午九点半在老地方接他去癌症中心验血。一般他都提前下楼转悠着等我，这次我提前五分钟到的，没见他等我，过了五分钟我拿出手机却找不到他的号码，想起来换手机卡时号码换没了，只好拨通了一直陪伴他治疗的一位朋友的电话，这才得知，他前日在家晕倒被送进了急诊。再听到他的消息是夫人发来微信，五日凌晨王治宙与世长辞。

　　其实他第二次送给我的木雕图案清晰，意思也很明显："转移到胃和肺了，老弟永别了！"

2022年8月于温哥华

妈妈的冰棍

初冬温哥华连绵的淫雨已是这座城市的名片，淅淅沥沥，匆匆缓缓，激不起温城人心巢一丝涟漪。今天是周三，是复活节前最后一次送报纸的日子，报纸的数量比往日增加了一倍，都是广告。恰逢下雨，我们全家出动帮我小儿子送报纸，这也是近三个月来第一次如此庞大的送报阵容。我开着车，儿子和夫人分头送，车人齐头并进，铅灰色天空云低雨漫，车人行色匆匆，好像谍战片的镜头。

我踩住刹车，儿子打开后备箱盖，数六份报纸六份广告摞在一起，抱在胸前低头哈腰，用身体遮住报纸，疾步冲向各家宅门。夫人和儿子都穿着雨衣，儿子不习惯戴帽子雨淋着头，我驾着车时而在他们前面时而在后面。我盯着她们娘俩急匆匆的背影，她俩比肩的个头，看到十二岁的儿子的肩膀比妈妈的宽厚。妈妈帮儿子送报纸，挣的钱算儿子的，他不愿意我跟他送，我跟儿子送报时只管推车不管送报。我斜靠在车里看着此景，心喜溢到眉头，看到儿子招手示意我过去，才松开刹车跟着他们走。

今天用时三十分钟送了九十多份报纸，平时他俩送要四十多分钟，其中也有下雨跑得快的原因。回到家儿子说："快饿死了！""你想吃什么？"我问儿子。妈妈跟他说了一大串，面包、炒鸡蛋、方便面，还有我叫不上名的西餐等，他哪个都不想吃，最后妈妈说："还是到儿子喜欢的咖啡店买吧。"儿子勉强答应了："行吧。"我们赶紧开车奔咖啡店，我俩给儿子买吃的是最高兴的事，就等着看他边大口大口地吃边说："好吃！"如果他只吃不说，就表示味道一般。也可能今天孩子打完排球又送报纸真饿了，"一吃一个不言语"，这是我小时候妈妈经常说我的戏语。现在物质真是极大丰富，平时吃什么他都很难选，做什么饭是他妈妈最犯愁的事。

"一份餐十块多加币，今天送的报纸能挣十多块，得，挣的钱一顿吃没了。"回来的路上我跟夫人唠叨。此刻我突然想起我小时候跟我儿子现在年纪差不多时，我和我妈去割草卖钱的情景。当年我家住在北京城郊的县城里，妈妈没有工作，秋天去割草晒干卖给农业社喂牲口。哥哥姐姐上班妹妹小，我是家里的主劳力，做饭买煤担水，抽时间还要割草挣钱。记得有一年暑假，一早我跟妈妈拿着镰刀和绳子去河畔割草。来割草的人各自占一块地盘，我们来得早选了长得最高的一片草。我们割一捆我就往家背一次，夏秋季节草旺盛，割到下午我的手便起泡了，最后累得坐下割。妈妈虽然割得慢，可她一个劲地割个不停，有时也坐会儿。妈妈看我累了，手撑着大腿站起来帮我打捆，抹着我脸上的汗说："瑞子。"这是妈妈喊了我一辈子的昵称，"一会儿回去妈给你买一根牛奶冰棍。"我看着赤橙的夕阳照在妈妈的侧脸上，那一画面永远定格在我的记忆里。我们割一天的草卖了一块多钱，买一根牛奶冰棍五分钱，虽然冰棍的甜蜜一会儿就消失了，但夕阳下妈妈甜蜜的慈容滋润了我一生。

我上了大学，妈妈把我当大人了才跟我说出她的一些经历。妈妈本是大家闺秀，姥爷是全国知名的山西祁县的粮商，妈妈的照片新中国成立前就摆在北京大北照相馆的橱窗里。那张照片，妈妈烫着头，长得绝不亚于20世纪的电影明星周璇，穿的是英国进口的呢子大衣，还上了色。我家有一只包皮的樟木箱子，小时候我看到过妈妈拿出箱子里的高级衣服和那些照片。而且我家有爸爸穿旧的高级皮鞋，皮鞋上有花边，鞋底都是牛皮的，只是都卷起来了，还有一些高级衣服和手包。我后来才知道我老家爷爷定的是中农，我家是资本家。我妈妈不但能割草，做衣服、织毛衣样样都很出色，但现在她手指的关节都是鼓起来的，当年的风韵荡然无存。我能想象她的手原来像诗经里描写的"手如柔荑，肤如凝脂"。

我虽然是家中的老儿子，即最小的儿子，可是我和妈妈最知心。我十二三岁时，北京给家属安排工作，妈妈也上班了。父亲一个月回一次家，平时家务是妈妈和我商量着打理，所谓穷人的孩子早当家。记得我上学时，中午还得回家做我和妹妹的饭，下午放学做作业等妈妈回来一起做饭。擀面条、揉馒头等力气活我来做，妈妈只做简单的炒菜炖菜，一家人围着一盘菜吃得蛮香的，只有爸爸回来炒点花样肉菜吃。尽管不富裕，但爸爸是美食家，总能做一些他曾经吃过的大饭店的菜，什么鸿宾楼、丰泽园、东来顺的菜。妈妈做的酥鱼爸爸可比不了，20世纪70年代初北京风调雨顺，到处都是水，特别是郊区，有水就有鱼。那时肉是按票供应的，但是鱼多且便宜，三分钱一斤小鲫鱼，大鲤鱼一毛三。我们经常到小河里捕鱼，用筛子截鱼，挖泥鳅拍青蛙。妈妈晚上睡觉前把鱼炖在火上，放很多醋和蒜盖上锅盖，调好煤炉火门，第二天早晨一揭开锅盖，醋香的酥鱼刺都烂了，用筷子夹一条放到嘴里，连头带尾一点不糟蹋全吃了。加拿大人不爱吃带刺的鱼，可他们到中餐馆吃炸小鱼连头带尾吃得香着呢，我想许是丰富的物质把他们惯懒了。

这是我第一次写回忆母亲的文章，夫人和儿子送报纸的身影触开了我紧锁着的泪水闸门，此刻我终于忍不住让深藏着不愿流逝的对母亲的眷恋从心底涌出。从我记事起直到她去世，我和她朝夕相依，在我记忆里有她完整的生命，总怕写出来有损她的完整。我经常在梦里，在累了困了躺在床上或靠在沙发上时，就和母亲对话，她说："瑞子，明天我送你上学，还到天桥吃卤煮吧。""咱们还是到隆福寺吃驴打滚喝豆汁去吧。"我答。记得当年我上学只有周日休息，我家住在南郊，学校在北城，我周六晚上回家，每周妈妈都为我准备些我爱吃的东西。尤其是炖鱼，那种有一层厚皮的明太鱼我特别爱吃，还有白薯、柿子、鸭梨、牙枣，还给我炒一瓶黄豆咸菜带走。天气好的时候她跟我一起乘车到天桥或前门，吃小吃，然后我转车去学校，她回家或去我哥姐家转一趟再回去。我家有一段时间住在西单后面的一个胡同，她很喜欢北京小吃，好在前门附近的街道没有大的改变，老街上的小吃店她都记得，什么面茶、爆肚、卤煮店。妈妈食管癌放疗后刚能吃东西，就想喝豆汁，20世纪80年代初北京只有米市大街和隆福寺卖豆汁，我就从西城骑车给她买去。

我移民前到父母墓地告别，我站在墓前心里默默跟他们说，我要出远门了，然后脑海里浮现出父亲叼着烟袋不作声，母亲仰着头流着泪擦我的泪。夕阳下母亲拿着镰刀，用手擦我脸颊上的汗的情景又出现在我眼前。当我写出一段一段的回忆，似乎妈妈的图像模糊了，离我远了，可我还想写下去。

妈妈离开我已经三十四年了，她的音容笑貌时时在我的记忆里，不时地闪现在眼帘里，这大概就是妈妈灵魂永生的表现吧。

妈妈得了食管癌两年的治疗调养我都陪在她身边，我在大学教物理一周四节课时不用坐班，又有假期，陪她也方便。直到妈妈临终前我连陪她三天累得不行了，她口鼻插着管不能说话，还急着挥手让我回去休息，我哥哥姐姐陪着，我骑车一小时回家，没吃饭就睡下了。夜里十二点多，我哥骑着摩托车叫我去医院，说妈找我，我纳闷她不会说话怎么叫我呢？我知道事态紧急又晕晕乎乎没多问，打车直奔医院，我冲到她床前，一见到我她就安静地眯上了眼睛。我走后几个小时的时间，兄弟姊妹都来了，我知道妈妈最后的时间到了，我哥拿着小纸牌给我看，上面分别写着"山东""北京""瑞"。他跟我讲了我走后的事情，我走后不久，我妈醒了，连连招手，我哥姐不知道什么意思，就猜她想交代什么事，她能听见，失魂发昏的眼神能看见巴掌大的字。我哥猜想妈妈想说以后安葬在哪儿的事，因为爸爸说过想回山东老家安葬，妈妈是山西人，她不想去。于是哥哥写个"山东"的牌子，妈妈看了气急地摇头，又写了一个"北京"的牌子，妈妈还是摇头。最后他们明白妈妈想我了，就写了一个"瑞"字，妈妈看了终于满意地点点头。

此刻哥哥举在妈妈眼前的"瑞"字，当年我举着妈妈给我买的冰棍，今天夫人帮儿子送报纸的情景，在我脑海里轮番放映。母爱，平凡的母爱、伟大的母爱，在文字里，在幸福的微笑里，在同行的脚步里。要是把母爱系在一条无尽的时空长绳上，我们每个人就都能永远与爱相依。再把父爱、人间的爱也系上去，爱将会永远流传……

2018年11月于温哥华

把我从狮门桥撒入大海

　　春澜，温哥华的天空上演着一场诡异风光大片，好像海水映蓝的天穹碧透耀眼，诡谲的云翳黑白团簇，白云飘逸黑云墨染。我戴着墨镜驾车沿着温哥华高速公路向西驶向Pattullo大桥，呆滞而凝重的目光像一幅彩屏，映衬着河水中天幕的倒影。"唉，你看什么呢？该变右线了，左线是公交线路！"我夫人坐在副驾提醒我。我一愣神，眼底的快门啪啦一下打开了，我看到了眼前的车流，天上飞动的流云，澹澹菲沙河水，云影在水面上荡漾。我老练地来了一个转弯变道，我一把轮车插进右车道。

　　我夫人说，"你是不是在想见着老崔怎么说呢？"我说倒没琢磨具体说什么，老崔挺达观，真不愧是军人，但他爱人说他瘦了很多，他消瘦的面孔总在我眼前转。我妈妈死于癌症，癌症晚期病人消瘦的面容历历在目。老崔是我的一位老同学，他也是患癌症的，他一圈一圈消瘦的样子像坐在爱因斯坦时间隧道快车上的一个胖子，一幕一幕英俊苗条的身影在我脑子里过着电影，我似乎看到身着海蓝衫英俊威武的老崔双手稳稳地按在讲台上讲课的神情。路口的红灯切断了我的影片，我佯装着目不斜视盯着红灯，生怕看到哪辆车里坐着老崔，其实我知道他们是和我相向而行去饭店，我们不可能碰上。可爱的红灯又拉长了我见到老崔的时间，红灯亮的时间似乎比以往短，听到一声鸣笛后我才收回视线起车前行。

　　我右拐进入饭店停车场，正巧看见老崔下车，他女儿走在前边两步远，半回着头面带笑容好像正在跟他说话。夕阳映着老崔略显苍白的脸颊，微笑的口型使他腮部向上隆起，鱼尾纹越发深。他也看见我了，便停住了脚步，对着我微笑挥手。我强装着微笑透过车窗向他挥挥手，紧张的肌肉顿时松了下来。"老崔看上去没那么严重。"和我同车来看老崔的赵先生说。我夫人接着说了一句："比上次吃饭时见到的瘦多了。"我没顾得上锁车就冲他走过去问："老崔！感觉怎么样？""瘦了，没力气。"老崔回答。他看着我们车上的人都下来走到身边，便说："都来了，你们老大也来了。"我大儿子紧跟着喊了一声："崔大大好。"刹那间我们似乎回到上次餐馆见面时老朋友相见的场景，此时大家互相调侃着鱼贯入餐厅门，我们似乎忘记了来看一位医生已判死刑的癌症病人。

落座，我坐在老崔左边，对面小赵问："感觉哪不舒服吗？"没等老崔回答，"别说病的事，聊点别的啊。"老崔夫人用哈尔滨人的大嗓门儿喊了一句。"怕什么，怕死也没用。"老崔看了夫人一眼继续说，"现在就是没力气还浑身痒，觉也睡不好。"老崔说着撩起衬衫让我们看他肚皮上挠出的一片片红点。我说："你抹点止痒药。"老崔说，他夫人不让抹说对身体不好。条形饭桌把我们十来个人自然分成两个说话组，老崔跟我们说了一些医生对他病情的诊断。当他说到"医生说若不能手术只能活三个月，要是能开刀能活一年多"时，他的头不停地改变方向，一会儿侧过头来冲我一会儿又转到另一侧，目光也随着上下左右移动打量着，像是在给我们讲别人的病情而不是说自己的。我木讷尴尬地用余光扫视其他人的表情，小赵明显是佯装笑脸，特别是在老崔看着他的瞬间，那张着嘴呆滞的微笑神态有多么的尴尬；我夫人脸颊上的红晕显然是茫然所致。而老崔兴头不减，好像一位老医生耐心地面对病人讲解病情。

我正想转个话题聊点别的，老崔话锋一转跟我们说起他死后的安排，我更诧异了。坐在他身边的没一个人打断他的话，大概我们懵然的大脑神经被这位军旅生涯历练出的教官那调侃生死的气度震慑住了。他说："我要带她——"他抬头用目光扫视了一下他夫人，"回台湾一趟，把我的退休金取出来，能取百分之九十，我要是死了她就不用还回去了，她就够花了。"嘈杂的饭店刚坐下的时候耳朵里乱糟糟的，有说洋人英语的，也有印度英语的，还有说广东粤语的。老崔说话一贯是嘴张得小，声音大部分是从腮部传出来的，通常我努力专注地将耳朵"定向"到他腮部，但也听不清他说的每句话。然而现在我感觉我的目光聚焦在他的腮部，大脑只是一个空壳，壳的内层是一张拉紧的神经网络，形成一个滤波器，只能接收到老崔的声音。他那低沉严肃认真的语调我一字不落地听得清清楚楚。他接着说："再帮她和我女儿办台湾居住证，以后到台湾住方便。"小赵张着嘴，翕动两下舌尖，伴着惊奇的目光问："那，那，你以后想回台湾去？"老崔两肘支在桌子上十指交叉，微斜着头突然端正，用深邃而恳切的目光盯住对面的小赵说："不！"又转过头盯住我继续说："我想回这里，我死以后你们帮她忙，把我的骨灰从史丹利公园那个狮门大桥撒到大海里，以后很简单，她们看到海就是看到我了。"我们围坐在他周围的人顿时无措了，个个神情都凝固了，好像蜡雕人。我小腹一收，一股暖流从肠到胃穿过食道挤进眼球，热泉触开眼神，我看到他夫人用餐巾纸擦拭着眼袋上的泪水。她的目光没敢对着老崔，和我对视了一会儿，我不知道此时除用目光交流以外，还能用什么方式跟我这位老同学交流并安慰她。此时如果没有餐桌的阻隔，我可能会一把把她紧紧地搂进我的怀里，让她去为这样一位不久将离她而去、豁达爱她的男人悲伤、流涕。

老崔平常是不善言辞的人，我们无论是家庭聚会、户外野营还是在餐馆相聚，他都不是主讲的那位。然而今天他拿出当教官的看家本领，严肃认真地接着说："我想好了，我死后器官捐出去，谁有用谁拿去用好了，我老婆她不同意。"转瞬间他两臂收到胸前十字交叉微笑着继续说："变成骨灰也没什么用嘛！"我插了一句话："捐器官可以延续你的生命呀。"他接着说："死了我也什么都不知道了。"我感到意外，中国人的传统是重视死大于活，修的冢宅豪过宫殿。全世界的人视全尸为对人的大敬，世界各国为寻回遗落他国的尸骨花费巨资。老崔对自己遗体的淡然使我想改变对他的称呼，称他为崔老，因为我不认为他这想是出于英雄主义或者唯物主义，或者慈善情怀，我想，他是实现生命意义的哲人。

事物因对立存在而彰显美、和谐、完整，与死相对的当然是生。面对美丽，死彰显生的精彩，而生的光荣更显死的伟大，只有坦坦荡荡地生活才能从容面对死亡。崔老用他的生死观给认识他的人活生生地演出了一场名为《死与生》的剧目。

感谢老崔，感谢崔老，此致敬礼！

2014年4月于温哥华

排话剧的故事之一

俗话说人生如戏，意思是说人一生的经历丰富、变幻莫测，不知道会上演哪一出。欸，年近花甲之年的我，今年五月十九日在异国他乡温哥华的Norman&Annette Rothstein剧场，出演了一场四幕话剧《往事只能回味》。话剧主要表现华人移民到加拿大的故事，我演了剧中一位土豪老板初来乍到温哥华，带着秘书和助理一班人马到一家餐馆吃饭。乍富的中国老板，一反二十年前见洋人就低矮的媚态，挺胸昂首西装革履铿锵地在温哥华的大饭店吃点便饭。秘书在旁边各种献殷勤。当场搞得观众爆笑，散场后朋友说观众想抽我。我第一次在舞台上演话剧，并且是商演的四幕话剧。在台上演出，我除了有些紧张，还感觉舞台的灯光烤脸刺眼，真有点电影里刑讯室里囚犯的感觉。虽然演出说错了两句，但当我走下舞台时，就好像当年高考完走出考场——终于演完了，大脑一片空白，根本没空想演得好坏。

其实我演出时没有特别兴奋愉悦的感觉。反而半年多的排练过程，让我好像在表演艺术的海洋拾了半生的贝。

第一次话剧排练课，是我们聚力合一话剧团的冰导开场。她让大家围坐在一起，她说学表演首先要"破冰"。她说话时严肃的眼神衬在那张白皙的脸上，让我听到这个既熟悉又陌生的词，掂不出它的分量。破冰就是放下或打破生活中的自己，转变成剧中的自己。"好吧，大家都说一件自己经历过的最难以启齿的事情。我先说……"她说起自己有次去厕所尿湿了裤子，如何在同行朋友中遮遮掩掩的事。破冰这个词我听过，但不解其意。当听冰导讲完她的故事，我们也学着讲出自己经历过的羞面的事，对破冰之意似有所领悟。生活工作中的我被一层层道貌岸然的坚冰禁锢，内心的羞愧流动在血液里滴毫不漏，展露在外的是红润的皮肤，还要涂上数层遮羞的膏粉。我讲了一件自己当年在大学课堂讲课时，偏瘦的裤子风纪扣和拉链开了的尴尬事。

人生的岁月就像年轮一样的冰层，而且随着年岁增长，冰层越积越坚厚，五颜六色。戏剧就是表现人们生活的隐藏面，表现天雷勾动地火般的爱情，表现砍头如削泥般的释仇，内心渴望而外在不可及的内在。演员破碎了现实的"我"才能塑造戏剧里的"我"。

我演的那个土豪，秘书挎着我的胳膊，我摸着她的手出场，随后我俩有说有笑、眉来眼去。这个情节真弥补了我没有女儿的缺憾，也给了我未曾有过的有一个秘书的体验。我尽管大胆地搂着秘书安娜，开心地在饭店横了一把，可是观众看出了我表演的业余水平。台下安娜嗲声道："董事长，你按人家的肩膀，像给人家正骨。扶我坐下，像是警察按犯人似的，生硬。"尽管导演给我们创造了很多亲密接触的机会，让我们熟悉，但是这个感觉仍然没找到。我经常抱我的侄女外甥女，那种切肤温情难以言表，生活中的自然就是拿不到台面上。怪不得应邀看我演出的朋友说，我演的不是土豪，是教授装土豪，我听了既伤心又窃喜，伤心的是我角色没演好，窃喜的是我虽商海浸润二十载读书人本色尚存。

台上一分钟台下十年功，这是我们儿时常听的教诲，我从没有体会过这个道理。这次我真格排了一场商演话剧，对此言有了深深感触。我在剧中表演虽只有几分钟，但排练了几百分钟，导演认为我演到了业余水平的六十分。当然六十分的含金量远不及未拿到的那四十分，我甚至不知道离七十分的道路还有多远。

剧中有一幕是老周听到妹要走了，赶快端着一碗面冲出厨房奔向妹，他足足练了三十多次。老周短短五六个疾步转而三四个慢步把面送到妹面前，多年的夫妻、对赌徒妻离家久别的挂念、相见时的激动等复杂的情感，驱动着老周迈出的每一步。"你下来再看一遍"，孙导边迈向舞台边朝老周命令。看孙导的身、手、脚和眼神多动作配合，一把示范到位，我坐在下面看呆了。依我的理科思维，这四个部位的动作，每个动作有三个维度，不知道这个"多因数方程"怎样解。老周怎么记住这些动作，再模仿出来？我真为老周着急。"没看明白，分开来看，先看手怎么端面，再看脚步迈法……"孙导又指点一番。当老周疾步走出厨房，表达怕妹走掉的急切心情。而快到妹面前疾而欲止慢步直至停下脚步的过程，又表达了复杂的内心历程，只能由观众根据对剧情的理解揣测。虽然老周认真练了几十遍，能得多少分只能问老周，观众只能看到外在表演，我想导演也不能完全看出，老周内心世界情感表达的程度。

舞台的艺术是导演的艺术，有什么样的师傅就出什么模子的徒弟，这句话真不假。我们话剧团演员只有一位是专业出身，其他都是业余爱好者，也未经过考核挑选，演出这么一场观众和视频观众无一不肯定的话剧，只能证明上述结论。导演从哪儿学会导戏剧，孙导的父亲当年就是沈阳话剧团大名鼎鼎的话剧泰斗李默然的导师。冰导是北京电影学院表演系毕业的专业演员。演员靠吃苦和耐力学习，学好的演员能达到职业水准。但是我体会后觉得，天赋对演员更重要，天赋赐给刻苦的演员才能成角儿。

2018年5月于温哥华

排话剧故事之二

话剧团是一支特殊的组合，也有非同一般的团员关系。近花甲之年的我可谓历经风雨沧桑，参加过数不清的团队。我经历过学生、教师科研、机关企业、市场社团等，一直对话剧团充满好奇。温哥华的水浅，偶然的机会让我混进温哥华这个最具专业水平的话剧团，"深入虎穴"探了一把话剧演员的神秘生活。当然我的气质、风度、嗓音都被面试的导演认可，对了，个头儿也有优势，这些大概是导演让我演大老板的原因吧。

不同的团队中人之间的关系迥异，比如在部队里士兵之间是生死与共的战友关系，企业里同事之间是利益关系。部队里士兵军官按等级规矩操练生活，每时每刻整装备战。

话剧团里就复杂喽，人和人之间关系时而在戏里时而在戏外，我们在排练的时候还真闹出了不少窘相和笑话。

我们排的话剧主题是华人移民到温哥华生活这点事儿，《往事只能回味》是系列之一，表现华人移民生活的细节。《往事只能回味》剧中离不开找工作、买房理财、教育孩子等，当然爱情是艺术永恒的主题，少不了，这都是些俗人生活。剧中非样板戏中，革命家庭、战友关系，是生活中人与人之间的关系。演员能表演出人物关系需要功夫，观众看出《红灯记》中李玉和与李铁梅是革命关系，《往事只能回味》剧中老周和妹是夫妻关系不言而喻。演员表演出高于生活的人物特征及人物之间的关系，非一般功夫。

看过演出的观众不知道，戏中当妹和出走多日的丈夫老周相见的场面，原来的动作是老周握着妹的双手叹息，颇像革命同志劫后重逢。后来导演把戏改为，妹一把搂住老周脖子失声痛哭。可是他俩演不出这个效果。我们正在台下注视每一瞬间的动作学戏，突然冰导一步两个台阶冲到台上拨开妹，贴在老周身上，紧紧相拥，依偎在一起，头摩擦脸颊，失声痛哭。老周忘记在演戏，用手拭泪，面带羞涩。我们在台下看呆了，看出了老周的真情动容，看出了"80后"北京电影学院毕业的美女冰导紧紧相拥带给他的羞涩。"妹，看见冰导怎么贴在老周肩上的姿势了吧，那才是多年夫妻相拥的画面。"我们议论着。妹随即模仿了一下，姿势像而不是，相拥得近而不实，脑袋偎着老周的胸膛似乎隔了层薄膜。

我们到话剧团排练的第一节课，就是冰导讲"破冰"，破除生活中的"我"，转变为戏剧中的角色。妹在生活中是播音员也是二十岁孩子的妈妈，老周是企业家也是位两个孩子的爸爸，他们身上的"冰甲"非一日之寒，入戏之难可见一斑。演员们在台上是夫妻，下了台"男女授受不亲"，演员是变色龙。我想他们相拥在一起的时候，肌肉一定是紧张的，血脉是收缩的，荷尔蒙被紧张吞噬了。后来导演创造一些机会，让搭配的演员在台下多些接触，包括肢体接触，相互间以角色相称，尽快融入剧中人物关系。从排练至今，我们不但相称角色名，还常常不自觉地用戏词取代生活中用了几十年的词汇聊天。我没好意思问冰导，她表演的那一刻，动之的是情还是理，血液流速是加快了还是减慢了。

我演的土豪老板同样带有感情戏，秘书安娜挎着我的胳膊肘，我摸着她的手上场，俩人亲密无间寓意关系不一般。安娜嗲声嗲气，跟我儿子同年龄段，护理得纤手细润柔滑，让我这位正人君子怎能正色得了。还有一段插曲，最初安娜这个角色是另外一位演员，她看了剧本说什么都不演这个角色，因为她脱不掉身上的书生气。不过安娜在舞台上的一声"嗯嗯"演火了。演出时我摸着她的手感觉我的血好像在倒流，至今也记不起是反着还是顺着摸的。我们上台彩排时她挎着我，我走路总是晃，脚底发软，在台下练习时反而感觉好些，这就是所谓的"晕台"，导演说要克服这种紧张，只有多上舞台。后来我找了个办法，就是想她的角色是我女儿，挽着我的胳膊我的感觉会不会好些？总之心里的"冰"破得不够。可是我倒觉得她挎着我的感觉很自然，我猜想她不会把我这相识寡日、花甲的北方汉子当长辈了吧？后来得知，她是美容师，把我当客户了，不过感觉还不错。我还要感谢安娜，演出那天，我紧张得大脑卡壳忘词了，她机智地提醒我。

　　演出前两星期，我们每天的排练长达十几小时，导演抠细节，抠得越细越耗时间。开始集训时很多人有怨言，"排练这么长时间有必要吗？""搞疲劳了效果更不好！"我身为"团座"，从团员那儿了解情况后跟团长汇报，孙导说，你们还没戏呢，还没达到业余水平的六成。的确，我们这个十四人的业余队伍，只有一位是专业话剧演员，满员排练的时候都很少。我也跟着着急，可我是外行，只好骑驴看账本，走着瞧吧。

　　过了一个星期，我的"秘书"小刘跟我说："董事长，别看我没几句台词，我还真上瘾了。经过细节的揣摩，我领悟到什么是表演了。"排练结束半夜搭我车回家的理财顾问Yannie说："张团，咱们下一个戏排什么？我还想演。"我心里的一团火让她们添了两把柴，使我的车跑得都轻快了许多。

　　表演是什么感觉，就是上台入戏下台出戏，出门没戏？照此理，我们每个人都是名角，见着老板就恭维，出门就变脸。播音员上台正儿八经播新闻，下台就扯闲篇。孩子见着家长抄起书，家长出门从书下拿出游戏机。把这些镜头拍出来，个个都能演特务，根本不用导演。如果下台还不出戏也有麻烦事，演我秘书的安娜演出结束谢幕时，还挎着我的胳膊肘，台下看戏的夫人一眼就看见了。我俩挎着练了不下五十遍，我相信安娜分不清戏里戏外了，我也一样，大概只有导演能理解。

　　孙导给我们讲了几次，优秀的话剧演员都会在演出前四十分钟独坐静心，为了进入脑中的戏。我就像水在炉子上慢慢温热，达到八十八摄氏度时，放入单芽峨眉竹叶青或龙井清香扑鼻，当达到一百摄氏度时，冲入安溪铁观音，茶香四溢，绕梁不绝。冰导每次排练前也带我们做五分钟静心练习，我的心当然没静，因为想的都是晨茗余香。可惜孙导没告诉我们优秀话剧演员都是怎样出戏的，他大概留了一手，这下可害死我们了，听说老周回家见着老婆还叫妹呢。

　　尽管主持人在演出结尾再三正名：舞台上的负心汉是生活中的好男人，寻找烈火般爱情的那位是贤妻良母，土豪老板是教授，等等。但在庆功宴上，我仍习惯性地扶着安娜的肩安坐在满福楼的包间椅子上，老周借机又复演一段搂戏，剧中演"妹"的依依清透的眸子期待着一生一世的爱。戏的余温在观众群中扩散，戏的温情像巨轮掀起的狂澜推着澹澹海波，激荡着演员的"小心脏"。

2018年5月于温哥华

英国没什么好玩的

今年二月中旬，我从国内回来，结束了出国定居后最长的两个多月的参观考察及探亲之旅。我还没倒过来时差，我夫人说一位朋友约她去英国玩一趟。我回应："你们去吧，欧洲我去过了。"我虽然没去过英国，但觉得都差不多，我家只有我是中国护照，申请英国签证比较麻烦。我夫人脱口说："你的想法和我朋友的先生一样，他也不想去。"我们家上一次去欧洲旅游本想去英国，因为英国不在欧盟签证范围需要单签，怕两个签证时间紧张就没申请。这次只去英国，我却不想去了，我夫人说，英国是最早的老牌发达国家，想去看看，我还是说，都差不多，你们去吧。

我是一位旅游爱好者，从年轻穷游到现在讲究的休闲旅游，有四十多年的旅游史。记得1979年我大学一年级暑假第一次出北京到山东莱阳老家，遵父亲嘱咐认祖籍给爷爷上坟。我借机旅游，从天津乘船到龙口转车到莱阳，再从老家绕道青岛回北京。记得当时住在莱阳县城旅店，蚊子隔着蚊帐给我叮了连片的几十个包，在青岛睡的是学校的硬板课桌，我回来后还兴奋不已，从此打开了旅游欲望的闸口，如落闸的流水即使滚入汪洋也奔流不息。后来我除了特殊情况每年都借着寒暑假或出差去旅游，夫人孩子也是每年盼着假期去玩。今年我已耳顺之年过半，回国待了六十多天，脚步从北京到浙江，再从陕西到黑龙江。我此次出行主要是为编写第三本专著，还到印刷企业考察座谈收集资料，恰赶上春节，探亲自然也是重要目的。尽管如此，我也做好了抽出时间旅游的准备，国内大城市和旅游点玩得差不多了，此行特意到县级或乡级地域走走，借着春节最热闹的时候，尝地道的地方饮食、体验乡俗。我还来了个红色之旅，去了上海的中共一大纪念馆、陕西延安和河北西柏坡。

现在我玩心未泯，比原来经济条件又殷实，却没有想去几十年梦想的"大英帝国"游览强烈的愿望。我去过除英国以外的很多欧洲国家和澳洲，又在北美特别是加拿大温哥华生活十四年，但是我对伦敦的大本钟、徐志摩笔下的康桥的感觉，像是对温哥华的煤气钟和狮门桥的感觉，不新奇了。加拿大多元文化共存共融，汇集了来自世界几乎所有民族的移民，他们不但带来语言、饮食，还将建筑风格融入广袤的林间水边。我住在温哥华市，市中心每年七月举办多民族融合文化节，各个国家或民族展示他们的饮食、服装等代表性物品。节日展示的南美、非洲、东南亚等地的民俗风情，我在十四年中悉数参加，所有摊位几乎背得下名字；那些地区的饮食都了如指掌，食品酸辣与地区气候有关，非洲和东南亚地区用葡萄叶裹米制食品等饮食特色几乎刻在我的记忆里。温哥华就像浓缩的世界，在这里，各种场合都能看到不同肤色和穿着各色服饰的人，让我觉得世界如此之小。怪不得传说很多见多识广的美国青年厌倦世事跑到原始森林，寻找人类最初的世界，我对此非常理解。我家附近五公里内有六个原始森林，我常到里面散步或驻足，慵懒地倚在参天松柏上仰望阳光白云和枯萎的树枝，悠然间体会到上天赐予人的灵性。

今年是几年来我第一次回国，每逢串亲访友总是客套地邀请亲友到温哥华我家来玩玩，带他们体验世界最宜居住的城市之一，观赏海洋森林雪山原野浓缩于一个河谷的大温景区。以前听到的回应是，"有机会一定去"，"电视上经常看到加拿大特别是温哥华的风景美丽至极"，年轻些的还想以后移民带孩子上学去，也有老人们说，"回来吧，国外吃得不好"。这次回国听到更多的声音是：回来养老吧，你们那儿不安全，国内到处都是好吃的，环境现在也好，到哪儿去方便极了，现在还有很多网上购物平台，点一下手机一会儿什么都会给你送到门口。有的说，加拿大风景跟咱们西部差不多，开车去新疆、西藏，边玩边品尝地方风味，方便又便宜还特别安全，现在卫生条件很好，公共厕所干净有卫生纸，有的还有空调。有人去过国外出差或旅游，感觉西方国家吃的贵还吃不惯，旅游一趟能瘦好几斤。他们有些人去国外探亲旅游过，有些人从亲朋好友那里听说的国外一些情况，他们现在能相信哪怕是道听途说的国外颓败状态了，而在二十年前，他们肯定不会相信这些话，这是因为中国的发展让他们有了自信。也许此次回国我也受到了这些情绪影响，看伦敦的大本钟不过是普通的钟，康桥类似国内的一座桥，司空见惯罢了。

这次回国比看到国内硬件变化更让我感慨的是，国内城乡百姓的文明素质已如此之高，我在温哥华生活了十四年，只能羡慕。此行我走过一线城市北京、上海，二线的杭州，三、四线太原、苏州，未列入的浙江桐乡镇、山西盂县及其下辖村庄，哪里都有卫生管理员和检查人员沿街清理烟头杂物。我观察到，人山人海的巨大火车站里和长龙般的铁路车厢中，地面一尘不染，没有人扔烟头纸屑，更没有人随地吐痰，对比温哥华的车站车厢里令我惊愕的垃圾狼藉景象，很难不感慨。

七年前，有一位温哥华留学生家长和儿子驾车从加拿大西岸到东岸，再入美国回到温哥华，途经美国中部。他们惊讶地了解到，有些美国本地人基本上没有出过居住的州，更没到过首都华盛顿或西部的圣地亚哥。她在此行前绝不会相信，在发达国家美国居然有"足不出户"的村民。我只能猜测他们可能对外部世界不屑一顾，也可能讨厌大城市的喧嚣。他们没有对外部世界的好奇心，他们也可能骄傲于自己的家乡最美，并且自视为地球的中心，面对过路人心里只有美滋滋的自豪。

耄耋之年的舅妈亲切的嘱托声犹如在耳畔："以后回来养老吧，不要在国外受那个罪了。"学院的老同事说，孩子大了回来哥儿们凑一起打麻将多好，老了一起到养老院，亲切的声音里透着对国内生活的满足和骄傲。

2024年3月于温哥华

黄村小院办印院

1982年7月上午，我挎着上大学时用的斜挎帆布书包，骑着一辆二手自行车，从黄村西侧的团结巷奔向机关街东侧的原大兴县委礼堂小院。我持续用力蹬车，二手车的链子不给力掉了下来，装链子弄得一手黑油，当我从包里拿出报到信，浅浅的黑指纹清晰地印在上面，递给北京印刷学院租借的筹备校址里的人事处，报到上班领工资。一首难得的新毕业大学生筹建新大学的交响曲奏响了。

在20世纪50年代建的礼堂小院筹办大学，现在的年轻大学生大概会觉得是不可思议的事情，四十年前我这个从老院校毕业的学生也有些惊奇。现在我回想起筹备建校的桩桩件件往事，那真是难得的经历，百十来人的同事们，彼此熟知姓名履历家况。你骑车带着我，我帮她买饭；偷着用电炉子在宿舍做饭，跑到楼下踢会儿球，有时锅都烧干了……朝气蓬勃，情意真切。我们新毕业的学生二十二三岁，与新生仅有四岁之差，当年在小院招了印刷机械系和工艺系各两个班，总共不到百人，教室里讲台上下难分师生，师生踢着一个球，吃在一个食堂。

小院高墙，云集了当时北京远郊大兴县从未有过的这么多的知识分子和干部。北京印刷学院的前身是1958年文化部建立的文化学院，1961年停办后，其印刷工艺系并入中央工艺美术学院，1978年又在中央工艺美术学院印刷工艺系基础上组建了北京印刷学院，有进京户口指标。因此，有很多全国重点名牌大学教师进京调入，老教师都是印刷行业的专家。北京印刷学院是第一个选校址在大兴县（现在是大兴区）的，在当地不但教授专家出类拔萃，还有大量的宿舍楼，教授家庭分两套，其余教职工家庭至少能分一套二居室，当地人羡慕不已。

在临时租借的老平房里办大学，最复杂的事情就是建设实验室。我们基础课部物理化学是新生首先要上的实验课程，尤其是我们物理实验室仪器设备体积大、重量沉，购买、运输、安装这些设备成为我们教学工作的一部分。当时学院没有卡车，只有一辆跟现在老头乐似的的三轮摩托车，不到两米长的后车斗是帆布做的，靠司机一侧有一个能挤下两个人的座位。车斗装上仪器箱子，人坐下后腿跷到箱子上蜷着身子开一两个小时回来，像光学导轨这种长出车厢的仪器，我们只好躺在箱子上，悬空在石子儿和柏油相间的路上，还不如弯腰坐着舒服。实验室设备几乎都是新采购的，采购和到火车站提货通常都是我和实验员张奇伟去。我们两人坐在三蹦子车斗里一边吃着干粮一边聊着天，车颠簸一下我们就能猜出货物的重量。货物拉回来，从三蹦子上再搬到三轮车或小推车上，然后运到临时搭建的彩钢板顶子的实验室。

记得小院大概有三排十几间房用作教室和实验室，还有一个小套院是院系办公室，教师、学生宿舍和食堂在黄村派出所对面的楼房里，距学院小院约两公里路程，当时没有操场之类的活动场所。大兴县几乎都是沙土地，是适合种西瓜、花生、鸭梨的土壤，黄村西面有几处沙丘没有植被，风沙从秋季刮到初春。小院位于不到两平方公里的县城中心，宿舍食堂正位于黄村西北处。风沙季节，师生下课就迎着西北风屏息颔首眯着眼前行奔赴食堂，浩浩荡荡一百多人的长龙沿街蠕行。那时大部分学生没有自行车，风大时走路的侧头迎风踽踽而行，骑车的人边骑边推前行。记得我们教研室的黄老师，刮大风时坐我的车不坐她老公的车，她爱人车技不高，带着她曾经被风刮倒。我们的宿舍是当年黄村最新的楼房，可是当时楼内的窗子是简易铁窗，缝隙大，风沙天哨声格外让人瘆得慌。名曰食堂有食没堂，打了饭赶紧盖好了回宿舍吃，一个旋风来了沙子还会趁机入碗盆，当然每个人都会邂逅龙卷风，即使沙子没进饭盆，挂在嘴角也是家常便饭。冬天教室取暖是后勤烧的土造暖气，房间是木制的三十年前的老破门窗，学生上课都要穿棉衣，手缩到袖口里记笔记。有一位学生家里困难没有像样的棉衣穿，来时亲戚们送了几件长短不一、颜色各异的单衣夹袄，他穿了好几层参差不齐的衣服，他每天第一个到教室，最后一个关灯离开，后来考到清华大学博士，成为我国顶级印刷机械的专家，他就是印刷界无人不晓的蔡吉飞教授。

那时通信还是以信件为主，学院虽然有特殊的直拨外线能打到北京市市区，可是没有拨一次就通的时候，不过黑胶木电话转盘式拨号很耐用。学院专门有一辆三轮摩托车用于接送文件，我们就像战争年代的通讯员，每天忙得不停，当然和驾驶员搞好关系蹭趟车很方便。学校的班车早出晚归，教师进城通勤还顺便拉些大件物品，亲戚朋友来来往往都可搭乘，领导司机都把大家的事情当成学校工作的一部分，大家亲如家人。校园的三轮平板脚踏车，骑起来吱吱扭扭响，在当时可是国家财产，私人没有的，每天晚上要用大铁链子锁上。唯一的运输便利工具，几乎每个教职员工家都使用过，尽管有些人就是不会骑，要不推着，要不请人帮忙，我们刚毕业的学生对此活自然当仁不让。

师生教与学的热情使印刷小院蓬荜生辉，学生从宿舍到教室上晚自习要走半个小时，教师陪伴着学生有时到晚十点多，我带的物理实验课常在晚上，因为实验设备少，轮班排到晚上。当年高考录取率不高，能考上大学特别是考上北京的大学，学生们既骄傲又自豪，把全部的期望化作学习的动力。我们刚毕业就能到大学教书，把自己四十年的工作计划始于脚下，谱写我们的青春之歌。当年"82级"培养出很多印刷界专家学者，成为印刷行业的翘楚，也为学院造就出一批优秀的教师。

我经历了印刷小院创办大学的全部过程，体会到旷野不但能办大学，还能激发出不可思议的教与学的效果，教与学的客观条件固然重要，但更重要的是教与学的师生有激情、责任感和使命感。

2023年10月于温哥华

欧洲印象

　　说到欧洲在我记忆中的印象，范围是模糊的，可能包括欧洲的东西南北。我从中学课本中知道的，法国作家阿尔丰斯·都德《最后一课》和儒勒·凡尔纳《海底两万里》，在东欧的电影小说里看到了有关欧洲的描述和场景，又在学法语和英语时读了很多欧洲的故事。我笼统的印象是欧洲有尖顶哥特式教堂，带遮阳篷或百叶窗的窗户镶嵌在厚厚的墙上，窗外探出花台鲜花流溢。还有我特别羡慕的欧洲人吃饭用各种花格餐巾和金色银色的刀叉，女士着长衣裙，男士穿花格衣服。他们吃饭用大大的盘子但只在盘中央盛一点食物，用很多的餐具，吃饭却很慢。

　　我小时候在家吃着窝头、烙饼，看着小说电影里欧洲的洋人生活情景，从没想过我的饭不好吃，我家房太小，只是觉得好玩新鲜。上了大学以后，我看到更多的西方新闻，只是一心想着我要努力学习，长大后能为国家做贡献。记得从我八九岁的时候，每年夏天我妈妈总是从一个包着黑皮子，镶着铜色把手的樟木箱子里，翻出英国制造的衣服挂到院子里晾晒。妈妈说这是礼服，呢子面料的，我不懂这些名称，只是看它们很高级。妈妈还有一个手包是意大利的，提链和边口是镀铬的，磨掉的镀铬部分露出铜色。爸爸说包是用麂皮做的，皮子光滑看不出毛孔，柔软无褶皱。我家床下的箱子里有几双黑色的、黄色的皮鞋，鞋底卷了起来，妈妈说这是爸爸以前穿过的鞋，有英国和意大利制造的。我听着看着这些衣物只是感觉很洋气，妈妈也只是像晾晒其他衣服一样，熟练地架在自制的衣服架上挂到院子里的铁丝架上。我长大后看到姐姐曾穿过这些衣服，我也穿过那些皮鞋。我父亲退休后穿上一件补了双肘的英式粗毛呢灰黑间杂的上衣，我上大学时爸爸给我穿了四年，后来他一直穿到老。从父母留下来的物件中，我早早亲眼看到并触摸到了欧洲。

　　我更多地接触欧洲是欧美学者来我们学院讲学，以及后来兴起的出国热，看到的很多西方进口产品。我们搞研究也用上了进口设备，同时国内掀起了仿造国外产品的热潮。我们任教的北京印刷学院是国内唯一一所印刷类本科学院，世界最先进的印刷技术设备在此集中展示，自然我们近水楼台最先接触到欧美先进印刷设备产品。尤其是德国的印刷机械，最先打入国内市场，我们主要研究德国的技术，我负责了一项紫外线固化设备仿制课题。我看到了德国人如此巧妙的设计，了解了他们从材料到加工的先进，我对西方技术肃然起敬。后来我创办工厂，仿制出很多种产品，替代了很多进口产品。

我移民加拿大前没去过欧洲，到了加拿大和美国看到了很多种欧式建筑，邻居有几家英国人和德国人，其中一家德国人自己造了一栋德式房子，欧洲移民给我留下了一些欧洲印象。我们小区还有一个德国村，房子都不大，有些是单层的，院子的草坪像高尔夫球场那样平整，花树修剪得像他们的胡子一样整齐。一位八十多岁的老翁下雨时总是穿雨衣从不打伞，雨水打在他的脸上，我隔着玻璃都能看到雨水从他的下巴淌下来。还有一家是四十多年前从苏格兰移民来的，一家三口都是肥硕体态，男人的领带挂在敞着风纪扣的衬衫上，胖夫人穿一双中跟鞋，常出来遛狗。在温哥华我贴近欧洲人生活了多年，对他们的生活有了近距离了解。不过我们现在生活在同一个水准上了，甚至超过他们的生活水平，至少我账户上的存款比他们多。我有几处房子租给了欧洲人，有的家付了押金，再预付一个月房租都很困难，有的从来都是租房住，没有自己的房。

我儿子同学的家长是国内一家建筑机械厂的老板，七年前他的工厂为意大利一家厂制造贴牌机器。所谓贴牌就是意大利来图纸，完全由中国制造，最后再运到意大利喷漆贴上意大利厂家的商标。也就是说，意大利厂家买中国造的机器当作意大利产的机器出售。当然机器的一些部件是进口的，都是些中低档技术产品。我之前的工厂也给美国一家公司做过贴牌热干燥机。去年他赴德国考察想购买一家企业，说明中国中低档机电设备已达到国际水平。

去年暑假我们家终于有时间到欧洲旅游，带着探秘的疑惑和新奇的心态，踏上欧洲自由行的路。出发前许多朋友传授了我们一些注意安全的经验。我们定的旅行计划恰恰是从戴高乐机场抵达欧洲，再从荷兰阿姆斯特丹出境。当飞机机身前倾接近机场时，我跟儿子说，戴高乐机场是世界上著名的机场，我在电影里看到过。此时在我头脑里展现出一幅电影镜头里的机场画面，法式大理石建筑和古朴的结构，热情浪漫的法国人和金发碧眼高鼻梁的高卢人。我拖着疲惫的双腿拉着一大一小两个行李箱，走进一个看上去像临时搭建的建筑，排队的人摩肩接踵，酷似菜市场抢菜的队伍。顿时我头脑疑云翻滚，这队伍是戒严状态的临时入境关卡，还是入关前的预检？这么多人，大都是法国人，不用惊慌，我安慰着自己随着队伍踽踽前行。我走出海关厅四处张望，随着人群走向行李提取处，恍惚中确定了海关厅不是临时建筑，也不是预检厅，而是多年失修的老式建筑。

走出机场找到出租车站，我一路疑惑，印象中世界著名的机场像开了十几年的标志汽车，沧桑斑驳。我们坐的出租车倒是宽体奔驰车，车开出机场上了高速路，我的眼睛从三面车窗环视车外空旷荒凉的景色，路边散落的垃圾有塑料袋等杂物。车最后进入巴黎市区，电影中的画面在眼前频闪，大都是黄色的矮层建筑，雕塑是铸铜的大理石的，似曾相识。我们订的宾馆是百年老楼，在市中心，感觉离卢浮宫很近，宾馆的楼没有电梯，楼梯只能走单人，要是胖一点的人必须侧身才能过去。房内的电插座和壁灯看上去也有百年历史，我第一次看到放进两只手就能填平的洗手池。

我跟夫人说，看巴黎老城保护得多好，不像北京，古老的四合院都被高楼大厦包围了。我猜想巴黎周边会有个新镇，也有工业区。我们乘旅游车从巴黎向北开了两个多小时到了枫丹白露城，一路田园如画，我目不暇接地环顾，没看到任何新城的迹象，跟北美相似的农田和高耸的谷仓倒让我抹去了对欧洲的猎奇心理。在枫丹白露镇，人们捧着啤酒杯坐在街边上慵懒惬意的神态胜过巴黎。餐桌上多数人都是用餐，少部分人只喝酒或饮料不用餐，我们也加入休闲队伍，啤酒六欧元一杯，我当然要品一杯，餐更不能少，虽然我不喜欢西餐。

玩了两天，我们乘火车回到巴黎转车到意大利，从南到北几乎贯穿了法国，也没看到像深圳那样的新城。法国人高高的鼻梁，深陷的眼窝镶嵌在狭长的面颊上，眼眸炯炯有神。商店里的商品还是我从前印象中的模样，时尚之都的名号似乎应该冠给我国的上海和深圳。

看列车的外形及陈设，似乎我坐进了电影《卡桑德拉大桥》中的车厢里，列车沿途路过葡萄园和红色屋顶的农舍。我虽然目不转睛地望着车外的路标和每一片建筑群，但始终没看到法国、意大利边界标志，直到看见紧靠铁路坡地上一片废弃的破铁皮房，房后工棚似的二层小楼，才觉得像到了意大利。这让我想起了20世纪70年代的北京。列车接近米兰，村庄渐渐漂亮起来，驶入车站，我扫视站台，陈旧古朴，米兰车站建筑具有东方元素，据当地华人说米兰站当年是慈禧太后捐建的。

我们游览了米兰、威尼斯和罗马，看到了文艺复兴时期的建筑，路还是那个时期用石头块铺的。我们住的宾馆是有六百多年历史的城堡，室内的衣柜、内窗框和宾馆的街门还是原来的物件。我并不感到新奇，因为我去过山西应县，那儿的佛宫寺释迦塔已有两千多年历史，南京的明朝无梁殿也有六百多年历史。我到处搜寻意大利电影里西装革履的绅士和戴墨镜的黑手党，看到的却是身体前倾行色匆匆的服务员和行人。威尼斯我们住在水城街巷的一家宾馆，走出宾馆十分钟路途内竟有四家操着汉语的中餐馆。更奇葩的是卖皮货的意大利姑娘也操着一口标准的京腔，我进店门她用我学不来的微笑口型打招呼："你好，我们店里的货品都是手工制作。"她是到北京学的汉语，为的是做中国人的生意，的确只有中国人买礼品类物品论堆，不能慢待。我买到了跟我妈妈的手包一样的棕黄色钱夹子，细腻的皮子光亮的漆，手感也差不多，感觉意大利制皮工艺在20世纪40年代就达到顶峰，现在已没有进步的空间了。我在另一家店还买了一件皮背心，我随后又到了德国、瑞士、比利时等国家看过皮制品店，只有意大利的手工皮制品无与伦比，他们是怎么做到的？这至今对我来说是个谜。我一直想买到我父亲的那件英国的粗毛呢半长上衣同款，在北美没买到，这次来欧洲我想愿望定能实现，但最后还是让我失望了。

我们从南欧意大利飞往德国法兰克福，曾经世界第一大的机场，建筑内部设施显示出德国曾经的工业霸气，却依然笼罩在军警荷枪实弹的恐惧里。德国人似乎普遍身高高于意大利人，他们依然保持看上去几乎是标准体重的身材，比北京人的平均体重略轻，而与北美的德裔人相比苗条多了。德国男士身形挺拔，弯腰时上身都是挺直的，像军人一样挺直身子行走的速度不比弓着腰的意大利人走得慢。在电车站我夫人问一位先生去宾馆的路线，老先生指着站台立着的交通图讲，又回到小屋拿笔写出宾馆所在站名，足足用了七八分钟时间。这让我亲身体会到德国人的彬彬有礼和古道热肠，但更让我们感动的一幕开始了，上车后我拿着纸条问车上一位年轻男士，我们的宾馆需乘几站，他告诉我还有五站下车，一会儿他走过来提醒还有三站，当即将到站时他又走过来指着站旁的三层楼说就是这个楼。德国人的文明如传统的德国产品在我脑海熠熠生辉。

我们从德国乘列车到达瑞士苏黎世，这个欧洲最富裕的国家里最美丽的城市，我们选择住进了一家全世界热门的玻璃墙火柴盒形状的宾馆，附近有两家中餐馆。此次欧洲行我们吃的几乎都是中餐，虽然贵一些，但这让我能耐心舒服地旅游下去。中餐馆不仅使我吃得舒服，还能在此了解华人的生活感受。这家餐馆是祖籍浙江的柬埔寨华侨夫妇俩开的，和北美的很多中餐馆一样，老公做饭老婆点餐，老婆会说老公会全活手艺。一顿饭的工夫她讲了几个感受，我们惊讶的是她来瑞士开餐馆四十年了，没到其他家餐馆吃过一餐饭，不是别家的餐不好吃，是真吃不起。她说瑞士一般家庭年收入四五万，医保每人每月四五百夫妻俩交两份，退休后照样交。她女儿家年收入十几万，都不可能在苏黎世城里买房。好在瑞士全国免除从小学到大学的学费，瑞士低保体现了发达国家的水准。沿街的餐馆虽一家挨一家，但餐桌上大部分人只点一杯啤酒或饮料，用餐的其实不多，意大利恰恰相反。苏黎世一份双层汉堡十四欧元，一杯啤酒六欧元至九欧元，相比加拿大，都是天价餐，而加拿大实际收入不低于瑞士。老板娘越说跟我越像老朋友，她是在柬埔寨中文学校学的国语，有点我们北京老乡的味道。她说中国现在发展太快了，近些年她每次回柬埔寨都要回浙江老家看看，那镇子上跳舞的广场干净漂亮，能容纳两千多人。而且浙江每个村子都有大排档，村民啤酒尽兴喝，小吃更不用说了，吃个肚歪。

此次欧洲旅游我们选择了自由行，宾馆地点大都在各国大城市的中心地带，主要想从市井生活层面了解该国的文化、历史及建筑特色。我们近距离接触到大街小巷，超市和饭馆，出租司机和当地华人。意大利的小偷在我身上没有得手，出租车司机倒是给我来了个魔术——调包骗钱术。我们从车站到宾馆地图显示十二分钟路程，但车一路超车一会儿从大路穿过由石头块铺成的街巷，最后绕了二十多分钟，司机终于停下车说车不能开到宾馆门口，我看车上显示二十二块五欧元，停车瞬间变成二十七块五欧元了，我先拿二十欧元给他并说"二十"，再掏出二十欧元给他，他接钱到手立刻指着钞票说"这是五欧"，我只好又掏出二十欧元，我儿子在后座看穿了他的把戏。在比利时也遇到了一位爱绕路的出租车司机，戴着耳机闯红灯横穿人行道，一会儿叨叨着像骂人，一会儿又笑上了，最后绕走了我四十多欧元。多花几十欧元换来了意外的风景，太值了。

此次欧洲游行程没见过几位警察，荷枪实弹的四人一组的军警，似乎是欧盟统一训练出来的，他们的枪和军服难以分辨，巡逻队形也一样。临别欧洲在接近阿姆斯特丹机场时，军警突然叫停了一辆车，冲锋枪直对着正在停下来的车，这一幕消失在我离别欧洲的视线里。

欧洲研制的磁悬浮列车，最高速的列车在欧洲我没有看到，在国内却遍布全境。他们设计的高楼大厦在中国有，而他们本国却没有，奢侈品店里大都是中国客人，他们为什么不享受自己的创造呢？我从北京人的历史中能明白，无论时代如何进步，北京人就是喜欢原味的炸酱面、涮羊肉、火烧、豆汁，还有四合院。我想欧洲人也就爱他们这一口，这是刻骨铭心的文化烙印。欧洲和整个西方国家的人民近二三十年工资增长不多，而物价特别是房价、汽油价格翻了几倍。而发展中国家，尤其是中国人均收入在改革开放后翻了几倍。在欧洲旅游景点我看到的旅游大巴大多是拉中国游客的，奢侈品店里挑选商品的多数是中国游客和留学生。万物不偏心，世界从混沌中分化出来还是要回到混沌状态。

2020年2月于温哥华

新书发布会有感

2020年11月15日，我们大华笔会（在加拿大注册的非营利的华人文学爱好者社团）在素里市中心图书馆举办了新书发布会，三位会员发布了新作。高级工程师刘章华著作《小草颂》，地产经纪人郎莉著作《郎格格温哥华卖房记》和亮灯著作《一步一步走进加拿大》之二。三位作者都住在离温哥华不远的素里市，我们相识多年，刘先生签名送我一本新书。郎莉"格格"还吃过我亲手制作的北京炸酱面。亮灯女士和她先生曙光我们经常同台演出，曙光拉二胡，亮灯跳舞，我吹萨克斯、演小品。我说这些关系，是想借点名气提升自己，当然借朋友吹自己并不是我真正的初衷，读者不必认真，更不要吐槽鄙人。

发布会上刘先生解释"小草"是谦辞，意为他是谦卑的小草，染绿大地为大地遮风挡雨，因而借用"颂"字褒扬之。我虽在会上忙于服务，听了此言很"不以为然"，因为我读过书中几页。书中第19页道："有人说，小草植根于大地，覆盖着大地，保护着大地，美化着山川。我的妻子，对于我们这个家来说，不正是这样的小草吗？"当然书中他也谦称自己是小草，还有三个萝卜头一个猴三，四个孙辈草民。他句子结尾用一个问号非其本意，应该用个"！"铿锵承认她们是小草，以此书感谢她们。

我私下和刘先生见面时，习惯用这个时代最高雅又被叫俗了的称呼——刘老师，他当然担得起此名，他是1964年大学毕业的，当过几个国家级万人厂厂长。我想他的厂子一定有中专技校，他曾培养出不少徒弟和学生，是当之无愧的"老师"。他还获过全国五一劳动奖章，写过书发表过很多文章，只是他们那年代工资低，现在他这级别的待遇可低不了。

他们那代人是小草，更是小草植根的大地，承载着萝卜头和小草的家庭，更承载着共和国的根基。我们今天的高楼大厦，海外赤子的脊梁，都是他们这一代人用汗水和生命支撑的。四十载春秋化作一本《小草颂》，汗水泪水生命凝结一本《小草颂》，小草化泥肥沃土，"萝卜""猴子"又丛生。

我和地产经纪人郎莉的关系也很好，我听她母亲说过，她放着国内好好的医生不干，到加拿大开着车，带着客户挨家看房子卖房子。她写过一本《郎格格温哥华卖房记》，我零散看过几篇，说实在的，她书里说的事，好多我都经历过，读者有几百万。俗人特有意思，看到名人或名篇写跟自己沾点边的人和事，就感觉特别激动。但是身边的朋友，越是近乎的朋友写的书越不以为然，我就没拿我这个大姐当名人。"郎格格"不仅在北美火了，在国内也是名人了，进了在国外有影响的四十名华文作家名录。《郎格格温哥华卖房记》在国人之中，特别是移民到加拿大的人之中特别受欢迎，因为买房卖房里透出的是社会和人生，而且是鲜活的，她讲的是真人真事，不是改编或演绎的小说。

买卖房子对中国百姓来说是人生的大事，能反映出一个人或家庭过去的积累、现在的需求及对将来的期盼。人在操作买房过程中，会展示出所有的知识、能力、胆量、沟通与智慧，当然也会透露出自私、狡诈，甚至无赖的嘴脸。有人说最了解人性的职业是律师，因为你欺骗他们就是欺骗自己，这话不准确，应该再加上房地产师。我虽然不是地产经纪人，但经常有朋友买房前问我怎么看房市前景，由此我们延伸讨论到政治、经济、历史、教育、医疗、心理、哲学、地理环境和战争等诸多问题。对一般百姓而言，房子是一生最大的财产，也决定了贷款期三十年左右的生活。购房者也会问地产经纪人这些问题，因此需要具备如此全面的知识才能当好地产经纪人。

同理，地产的交易也会反映出一座城市、一个国家乃至全世界的方方面面。特别是移民购房，他们是在全球的视野内审视房产。我购房只考虑温哥华的资讯。有些人在世界不同地方有房产、子女、投资，有的人持有海外双重国籍，这些人买房就要考虑更广泛的因素。

郎格格在买卖房屋中洞察了各式各样的人生，从而窥见社会全貌。她未成书前就跟我透露过："哎呀妈呀，我的文章招来好多买房的，挣的钱花不完了，我是有口德的，不会把你导购这招透露出去的。"地产经纪人虽多，但会

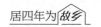

写作的不多，笔耕不辍的更是凤毛麟角，唯郎格格是也。

　　亮灯出新书是时隔五年第二次，此次发布的是《一步一步走进加拿大》之二。记得当年我们还不是很熟悉，在大华笔会餐会活动时我趁机要了一本。我看了她自己步履蹒跚走进加拿大的脚印，如何学习英语找工作，艰辛并快乐的一家三口的旅程，我很佩服她们，因为我学英语只学到三级就坚持不下去了。她的书鼓舞并引导了无数移民度过坎坷的岁月，对国内关注加拿大移民生活的人也起到了指路灯的作用。她的第一本书出版五年来在网上热销，还有二手书在卖。我知道一般网上卖的二手货都是名牌产品，可见她的书在读者心目中的分量。第二本书展开了她的视野，不再是她的人生履历了，写的更多是她采访的有代表性的人和事，她把真人真事直白地写给读者，引发读者的思考，自己不多加分析避免误导读者。

　　有一次我去找亮灯，约的时间是中午，一般吃饭才约这个点，而她一般下午会上班直到深夜，那时我才知道她全职工作。她告诉我，她周末和爱人曙光出去采访，周中她上班前写作，曙光编辑视频，曙光视频采访，她文字记录——一家子可以开个电视台和报社了。他们真可谓情投意合，一个拉二胡一个跳舞，一个视频采访一个文字采访，相得益彰精彩纷呈，洋溢的是华人移民的丰富生活。

　　郎格格和亮灯因书成为温哥华的名人，郎格格已成为温哥华地产经纪圈一张闪亮的名片，亮灯成为移民迷茫中的指路灯。她们的书名更是脍炙人口，郎格格卖房，亮灯走进加拿大，就好像当年广告语"活力二八，沙市日化"一样广为人知。

　　亮灯说她无暇深刻分析采访内容，没时间是原因之一，其二是她想把思考分析留给读者。我闲得无聊从文学角度分析一下这两本书，我虽然写作，但却不懂文学，从文学"票友"的角度思考：她们的书为何吸引眼球？首先是内容接地气，书中记录描写的是移民的真实生活，没有像小说般演绎。其次是语言通俗易懂，群众一目了然，像手电筒的光柱一样直来直去。最后是有很强的实用性，是移民群众的生活指南，因此它们有鲜活的生命力，人们喜欢看，并且期待着看续集。

　　书是人生，是世界，书从一篇看全貌，一本本书构成人生和世界。写书人心里装着火热的人生，美丽的世界……期待下一次的新书发布会。

2018年11月于温哥华

个性教育、道德身教、约束习性

（谈我们教育孩子的体会）

中国人从古至今认为父母是孩子第一任老师，身教重于言教。现代教育理论充分强调个别化教育，即因材、因人施教的作用。中国传统教育思想是先育德而后成才。德，我们认为指中国式的传统美德；才，则为社会有用的任何之才，德、智、体、美，无论是哪方面才能，只要充分展现就是成功的人才。学校教育是学生教育的主体，家长配合学校共同教育学生是家长的责任，这种互补型教育会使学校教育效果事半功倍。下面就用具体事例介绍我们的一些具体做法。

做法一：根据孩子的个性、年龄段确定孩子的培养策略。

我们的儿子张子龙现在是北京育英学校初二年级学生，学习成绩从小就名列前茅，不偏科，文化课、手工课、美术、音乐都很优秀。数学、外语也喜欢学，尽管对语文不很喜欢，但作文也经常被学校选为范文。钢琴六级，美术多次在国家级比赛中获奖，由于偏胖，体育成绩不佳，为了达标，他勇于吃苦。从小当班干部，现任班长，但在管理方面非常缺乏方法，因此常得不到同学的支持。傲慢、内向、固执是孩子的主要缺点。孩子以上的特点有先天的因素，更多的是后天教育的结果。记得孩子两岁左右我们就觉察出他很聪明，好胜但内向。根据孩子特点我们制定出对孩子的教育"战略"，即不能让孩子依靠父母，而排斥将来的教师，于是我们不教孩子一个字、一道题，孩子四岁学了汉语拼音，就会自己查字典、辞海。三岁上幼儿园考试数数，还数不到一百。因为教孩子知识要根据学生年龄特点，应该采用不同的教学方法，我们都是教大学的，显然不掌握教儿童的教学方法。若家长和老师教的方法起冲突，孩子用什么方法学呢？因此从孩子上幼儿园直至现在，我们都充分尊重学校和老师的教育，只是在孩子家庭作业听写时帮帮忙。不会的东西要求他向教师或同学请教，因为老师和同学的思维方法与他是一致的。

孩子在上初中之前感性认识重于理性认识，动手的兴趣大于动脑。因此，我们安排孩子学钢琴和画画。孩子喜欢折纸和手工，我们就提供充分的条件满足他的兴趣，而并没有要求他参加外语班、奥数班等理性思维的特殊教育。结果孩子外语、数学、语文成绩同样很好，而且训练出一双灵巧的手。

写作文是先会观察感受而后用文字表达的结果，并非背诵了许多辅导材料上的写作方法和技巧就能提高。我们深知革命时期的延安培养了优秀的作家、艺术家，不是因为那里有北大，而是那里有着火热的革命生活，这生活激发了青年的创作激情，这样的生活这样的激情变成了感受，变成了作品，于是成就了一批人民的作家。因此，我们要让孩子多观察、多感受。小时候要求他把观察到、感受到的真实感觉写出来，不要过分加工，常常是他旅游一趟回来就能写一篇好作文。长大点再让他读些好文章、好书，特别是让他读获奖名家的优秀作品，使他逐渐地从感性思维向理性思维发展。

古人说小孩子七岁看老，七岁之前形成的生活学习习惯很重要。我们的孩子性格内向、好胜、爱生气，我们深知这属"禀性难移"，但这个时期进行教育是有作用的，过了这个时期再教育作用就不大了。儿子小时候折纸折不好、钢琴弹不好就哭，我作为父亲就经常给他讲自己搞科研天天要面对失败，成功只有一次，这是常事。孩子好胜，玩扑克只能赢不能输，输了就生气就哭。孩子现在大了，懂事了，但还是处在少年向青年的转折期，对事物有自己的理性认识，但又不完全深刻。这期间我们开始用商量的语气和态度跟孩子谈所有的问题，不笑话他的不成熟，不用成熟的观点压制他的观点，让他保留他那实际上不成熟但又自认为成熟的观点，引导他逐渐向着成熟自然地发展，发展过程中有碰壁的教训才能使他更快地成熟。

做法二：身教是道德教育的良方。

在现实社会里，我们认为父母的言传身教对孩子的影响最大、最关键。孩子的爷爷年近九旬，以前一直和我们一起生活，我们就要求孩子进门第一个任务是叫爷爷，虽然他小时候很调皮，总是一脚踹开房门大喊一声"爷爷我回来了",但爷爷还是乐呵呵的。饭桌上每天都有我给父亲专门买的食品,父亲的工资我们一分不要,这些事我们都跟孩子说明。现在爷爷病重住在孩子的大伯家,我们全家不论什么天气,周末必去看他爷爷。有一次下大雪,我们开车走在去看他爷爷的路上,车速慢得还不如骑自行车,我们问孩子,"以后这种情况你看不看爸爸妈妈?"孩子说:"当然了,你们这么做也是给我看呢。"其实孩子什么都懂。

孩子看到妈妈考律师证很辛苦,每天捧几大本厚书看十几个小时不休息,知道人要成功必须付出努力。夜里起床看到写字台的灯光还亮着,就知道爸爸在写书、写文章。看到妈妈的书出版了,看到爸爸的文章发表了,虽然第一句话问稿费是多少,但内心是把父母的劳动成果看成骄傲,并以他们为榜样。现在孩子大了,知道自己父亲开了一个高技术公司,专门生产技术性能强替代进口的产品,也得到了理想的收入,他就说以后要像爸爸那样当科学家。我问他上北大当律师怎么样,他说:"你当律师吧,我上清华学理工。"

做法三:家长配合老师教育孩子。

对孩子的影响包括家庭、学校、社会三方面,但教育孩子的阵地主要在学校和家庭内。这也是孩子要选择好学校的原因。上学后对孩子影响最大的就是老师,其次是同学,家长再次之。

认识到这个关系后,我们在家长和老师对孩子教育的关系上确定以学校老师教育为主,家长配合老师工作为辅。除了学校正常的课堂教育,不给孩子报社会上的各种班,因为我们认为学校的教育很好,让他努力去学就够了。如果父母和社会补习班再讲几种方法,反而会给孩子系统的学习方法造成混乱。

孩子作为班长,总有自己的一些方法、想法,有时与班主任或其他班干部想法不一致就会产生矛盾,有时出现错误时老师的批评他不能理解,我们会做他的工作,首先讲下级服从上级、学生服从老师是原则。再讲他还小不能全面理解老师的用意,以后大了,自己就明白了,因为十四岁的孩子正处于青年初期,有自己的思想,虽不成熟但不能打击,只能引导。我们给他讲电视剧《长征》中四渡赤水的故事，作为战场的指挥官，下级不会理解毛主席四渡赤水的用意，因为是下级看不到全局，只有先执行命令，当革命取得胜利后才知道其用意。作为家长我也尽力去帮助学校做一些工作，比如担任家长委员会委员，这些工作也使孩子感到家长对学校的关心，从而激励孩子更加热爱学校，更加热爱学习。

从对我儿子张子龙教育培养的经历，我体会到，成功地教育一个孩子是一个社会学系统工程，有战略也有战术。处在北京也需放眼世界，进入 WTO 后孩子们将来是在国际环境中生存和发展的。无论如何，作为家长，用正直的品格去影响孩子、用舐犊之情去爱孩子，才能把孩子培养成为我们和国家的有用之才。

2003年10月于北京

朗读朗诵品鉴诗文

　　文学是艺术的一种形式，我的理解是文学就是人学，是用文字表达人的性情。性相近，习相远，习是性的表达，因人而异相差甚远。情主要表达人情，不同性别、民族、地域、年龄、语言、文字，情感表达各异，但这构成了文学作品的丰富趣味。作者探索人性本质，体验观察人情，特别是有细节才能写出好的文学作品。文学作品来源于生活，但又高于生活，例如诗歌、散文、小说等，有虚构有写实，都是围绕主题表达人的真善美和人的丑陋。欣赏品味文学作品就像美食家品尝美食，个性化很强因人而异，一千个人心中有一千个哈姆雷特。下面我从朗读、朗诵和表演的角度谈谈品鉴诗文。

　　一、角色感

　　角色是应有之人而非实有之人，角色是作者表达情感的工具。角色有历史、即时、环境等因素条件下的。从朗诵角度看，好的诗文有强烈的角色感。作品是作者自我感动时流露出来的文字。文字中有作者的经历感受，尽管作品中的各个角色不是自己，但已经转化成自己，尽管是虚拟人物自己理解的角色，通过练习或观察到的人的生活进入这个角色。两种生活都没有，需要去体验生活。

　　作品中的物、景、境也是角色。大词人王国维说，词中一切景语皆情语。作品中出现的这些是应有之物，不一定是实有之物。人与自然和谐为一体，你中有我，我中有你，彼此共生，自然中不但可以寄情且有我情。

　　二、对话感

　　好的诗文要有明确的对话感，角色之间的对话，角色和自己的对话。表演时用心或肢体看着对象，用语言或肢体语言与之说话。思念、敬仰、崇拜都是对话，和清明节的风说话，它曾吹乱了妈妈的秀发。与老子、孔子对话讨论哲学等。角色间多重对话，我与你说话同时跟你一起，如晾同一件床单互相观望，朗读时很有生活气息。

三、情景感

景境晓风是角色交流的对象。黎明黄昏，和煦的阳光，凛冽的寒风，晓风残月，都可以借景寄景抒情。

四、动作感

1. 动作也是一种语言，包括肢体语言和内心活动。

2. 动作表达的内容用语言文字表达不清楚，像舞蹈没有谱子，哑剧没有语言，非文学表达例如说明书可以用文字无动作表达。

3. 动作表达强烈、细腻、真实。动作细腻的描写是文学作品最精彩的部分。动作在表演中是一种最有力量的表现手段。舞台上需要动作，动作是舞台表演艺术的基础，Actor既是行动者也是演员。诗文离不开动作描写，动作的细节体现生活的真实性。没有真实生活动作为基础的诗文只能说是胡编的。戏曲讲究动作到哪眼神便到哪，真实在动作的细节里。

4. 动作是由气息支撑的，气有强弱、节奏、韵律，对这些方面的描写鼓舞推动人性的力量给观众，对个人和社会起到积极的推动作用。朗读朗诵也要用动作诠释作品的外在和内心活动，因此，动作是比语言还重要的表达因素。

五、诗文韵律和气

诗文像一部交响曲，有起承转合、高潮低谷、叙述冲突，人的生活也是如此。人说的每个字、每句话，都有韵律。每个动作也有韵律，举手投足，一颦一笑，一个眼神，从始至终都有音符的跳动。

2020年5月于温哥华

乐莫甚焉

　　仲夏的晨曦挤过苍翠的松枝，滨角园南门口花岗岩那粗麻的地面上，溅起的阳光像晶莹的珍珠。霞光洒向雾霭像一缕柔丝飘浮在当空，透过薄雾远眺中央电视塔，微弱的灯光还在一闪一闪，像上了岸的鱼眨着眼。

　　滨角园南门口北高南低倾斜的地面上，用白漆画的一块单打羽毛球场占据了广场一半的面积。球场的一角还有一块扇形的草坪。场地西侧"迎客松"下卧着一尊花岗岩雕刻的石凳。迎客松周围簇拥着一圈粉红色的花坛，整个广场与朝霞合拥在一起，似乎整片天空都是粉红色的。朦胧中苍翠的松枝还有葱郁的竹林悬浮在粉红色的云端，仿佛让人腾云成仙。风吹着广场周围竹海窸窣作响，云像一曲牧歌，风声像乐池的交响为牧歌伴奏。

　　更精彩的场面是那些宝刀未老的男女们，有打羽毛球的，有踢毽子的，还有自己跳舞的。他们绽开的笑脸、飞挑的眉梢都是一样的灿烂。

　　听说有一种笑功，练时四大皆空，思入美轮美奂，练后愁思充胸。听听相声愚笑后乏味无韵，美酒欢歌畅快一时。品茗困禅神之幻境，醒了之后神飞魂散。这些愉悦都不及晨练场带来的畅快、魔力和无尽的回味。晨练的汗水疏通经络，降压降脂，神清气爽。

　　从滨角园南门凭栏驻足，一个大话剧舞台展现在眼前。羽毛球场上男女混合双打，啪的一声球直冲对方底线，球未落地就听一声尖利的嘶喊"三比二"。一位古稀之年的老翁穿着白色挎篮背心手举球拍，一个横跨步来个水中捞月，不幸拍子从他只有两个指头的手中滑落。老人顺势单脚蹦了两步才稳住脚步，浑身像泄了气的皮球，低垂着头、神情沮丧，"什么三比二，出界了，对！是三比二，你们三我们二"。"没出界压线了，哎呀"，对方女士话音未落正高举双臂摇着拍子喊叫时，"啪"一个球又飞了过来，洁白的羽毛球像白鸽飞出牢笼，在微风中飘舞，飘向白云，飘向天际，远离尘寰，俯瞰尘世，顿感超然。望着飞来的羽毛球，那绽开的微笑那呆滞的目光，刹那间四大皆空，尘念俱消。

再看球场西侧松树南北有两支踢羽毛毽子的小分队也在热烈地进行着。南侧这支队伍占地面积较小，两位大姐正在对踢着一支红白相间的四翅毽。用脚正面、内外两侧面不断地换着部位踢。两人相距一步之遥，都用脚内侧小心翼翼两眼紧盯着毽子踢，只见她们微垂着头，眼皮随毽子上下翻动着，偶尔踢偏了，对方急忙用脚外侧来个反钩，有时用力小了，对方用脚面向前一铲，又将毽子捞起。有一位总是频频点头，突然一脚将毽踢飞，"哎呀，九十七个！"原来这位点头是在数着踢的数呢。

另一支队伍的三个人在宽敞的地方踢一支长羽毛的所谓大毽，彼此相距有三米多远，一个毽子飞来落到另一位身后，只见他眉眼飞挑，紧盯着飘动着的毽子的轨迹，头向后转同时抬起脚向后钩，只听啪的一声毽子从身后又转向飞了回来。紧接着一声"好，小张这倒钩没得说"，一位女士在叫着好。铿锵不断的踢毽声音就像一曲军旅进行曲，啪……一、二、三。边踢还边跑圈换位，只是人人都汗流满面，有人手里拿着毛巾不断地边踢边擦着汗。有一位真可谓汗流浃背，汗水浸湿了短裤，从腰间向下渗染，阳光下看似染成由上到下颜色渐浅的多彩裙。

翱翔的雄鹰会嫉妒它翅膀怎么不会托起这小小玩具。叽叽喳喳的喜鹊会嫉妒怎么奏不出这般交响曲？乌鸦会嫉妒怎么长不出这绚丽多彩的羽毛？

所有属于此处的似乎都是欢乐的、耀眼的，令人意兴飞扬。当一切的灼热和沸腾都沉寂下来时，凝固成天的柔润、水的清丽。人们的笑脸凝固成一朵朵绽开的花，一阵阵欢笑声飘飘冉冉，袅袅地盘旋到天空渗透阳光穿过云层。像诗的意境像散文的韵味，小小舞台乐莫甚焉。

"嗒嗒嗒嗒"，这急促的踢毽子声音仿佛在催促着心脏的跳动，这声音像超声波荡漾着体内垃圾随着汗水挥洒大地。

"啪啪啪啪"，这有力的击球声音为舞伴奏……

2007年8月于温哥华

想念林老

早春三月的北京，温煦的春风荡漾在昆玉河边高大柳树的枝头上，喜鹊的喳喳声飘荡在河边小公园的上空。清晨公园旁中央电视塔里的灯光挂在灰蒙蒙的天空中，依稀可见。同往日一样，我穿着红色短T恤，手拿羽毛球拍子，大跨步地穿过马路跑到小公园的南门，踮着脚跑了进去。进门先是看到一块铺着大理石地砖的空场，北边是个两人多高的小土丘，看到羽毛球在土丘的上空飞来飞去，我还没绕过小山就听见一声"球又跑到树上去了"。"我来钩。"我手举着拍子跑到树下。"小张来啦，球又上树啦。"一位操着东北口音的白发老人冲着我说。我摇了几下树干，抬头仰望，球正卡在倒放着的伞状的松针上，越摇球卡得越紧。"别摇了，"林老说着脱下一只鞋，手扶着树，"小张你来"，我接过那只白胶皮底鞋，弯下身猛地把鞋扔向空中，顺眼望着飞上去的鞋。"哎，差远了！"林老叨叨着。我双手接住落下来的鞋，"看我这次的。"说着鞋已从我手中飞出。啪，不偏不倚正打在球下，球从松针上翻落下来，林老一只脚跳了一下接住了球。"呵！够有本事的，别再摔个三长两短的，你夫人要问，可别说跟我们打球来着。"一位穿着白领红T恤的中年女士冲着林老说，这就是每天和林老打球的季姐。林老呵呵地朝季姐笑着回答"没事。这是小意思。""哼，越说越来劲啦，告诉你，你这七十多岁的腿摔折了，骨头可接不上啊，在床上躺着就起不来啦！"季姐接着说。"哪能呢，我这可是当过几十年兵打过仗的腿。"林老对着我说。我说："林老，季姐是医生，说您说得对，您是七十岁不是十七岁。"

打羽毛球的地方是小公园里三角形环岛旁边的一条小路，也就是两米宽。能停三辆车那么大的岛内种着十几棵花树。其中几棵树有两人多高，枝头已绽露芽头。还有几棵低矮的乔木类花树，光秃的枝条在微风中摇动着，像是在欢迎来往的游人。小岛的另一侧是那个土丘，土丘顶上有几棵松树，经历了北京一冬沙尘的装扮，土灰带绿的松枝在微风中傲然挺立，但头都摇不起来了。沿土丘北面几簇大黄色的迎春花也叫报春花开着，向四周弯着纤细的腰肢在微风中摆动着，像穿着黄色连衣裙的小姑娘翩跹起舞。朝路边走来的游人微笑致意道："你们好，欢迎你们！"林老身着一件淡绿色的衬衫，衬衫系在蓝卡其布的裤腰里，裤腿塞在袜筒里。打起球来不紧不慢，面对季姐的大力扣杀，他以柔克刚，出拍看似不急但又不失球。季姐左右吊球，她手快脚慢的动作像是打太极拳的进攻架势。林老左手使拍，有时也跳起身来用力扣杀，球扣到对方反手，常常用此招得分。

输了几个球后，林老想用发球得分。他右手捏着球的羽毛尖，左手将拍网几乎贴着球的皮头，站在离网不足一米的位置将球轻轻地挑过网。当对方只得将球挑过来时，他早已高举着拍，猛地一击，赢得一球后得意地微笑着转身后撤。林老笑时眼镜后边泛起的鱼尾纹暴露出他的年龄。林老这种发球法也常常因为用力过小球不过网而丢分，这时季姐总是说："告诉你别来这套啊，就是球发过来了也没过线。"每次林老发完这种小球之后，季姐就发一个远高球，林老边接球边说，"你这也出界了"。"后边没界，在这就这规矩！"季姐面带愠怒地回答。听季姐说和林老相识有十年多了，就是在这个公园晨练认识的，先是在东边那个露天广场跳舞，后来几个人又踢毽子打羽毛球，俩人常开几句玩笑。

我绕着公园跑了两圈回来看到林老正要发球，我问："谁输了？"林老朝着季姐说："小季你先踢毽去，我跟小张打几拍儿就该上班了。"我们经常轮换着打球踢毽子。林老打十几分钟就要休息一会儿。我刚拿起拍子站在路边还没进场，林老一个远球就发过来了，我赶紧向后转身，反手一拨将球打在林老近场，林老一个海底捞月将球挑起，恰恰给我一个不高不低的好球，我抢起拍子一下打出后场，球差点落到路边的垃圾桶上。林老向后跑了几步没追着球，"小张今天吃什么啦，吃年糕了吧？""我呀，就喝半碗粥，要是吃年糕球就过马路啦！"我笑着答道。

林老看了一眼手表，朝正在踢毽子的季姐喊，"小季快来，到点了，我该走了。"林老退休后一直在部队一个招待所办公室上班，从公园骑车上班得有一刻钟，林老从来都是准时七点半从公园去上班。长期的军队生活不但造就了他挺拔的身躯，还培养了他终生不悔的军人素质。

我和季姐正打着球，就看林老又是那套老动作，先把那件黑色短大衣披在身上溜达两三分钟。接着从自行车的前筐里拿出一双锃亮的老式皮鞋，坐在车旁的小石凳上面铺着的一块棕红色垫子上。林老猫腰把裤脚从袜子筒里拉出来，用双手拍几下褶了的裤腿，换上皮鞋，站起身，紧了紧皮带，拉上大衣拉锁。又从车筐取出个帽子，先用手从前向后捋了一把他那满头稀疏的银发，戴上帽子双手正了一下帽舌。推起车子，拍了一下车座转身说："走啦，明儿见。"我和季姐正打得上瘾，我向林老摆了一下手没顾得上说话。"赶快走吧，挣你那几百块钱去吧。"季姐边打边说，老人一抬腿上了车，车后架上缠着白色塑料绳留出一段小尾巴摆来摆去。车沿着小路穿过一片竹林，从我的视线里消失了。记得几个月前的一天早晨，玩了一会羽毛球，林老说腿痛，好像抻了一下，我们说别玩了赶紧到医院检查检查吧，林老推着车走了。几天后打来电话说是长骨刺痛得连班都上不了。至今林老还没来晨练，可他仿佛总是每天出现在公园的晨练场里。经常和林老一起玩的人们不时地议论他的近况，有时还拿他开几句玩笑。

我不知怎么的，可能是过了不惑之年，明白了人与人之间情感的真谛，同林老产生了忘年之交。记得一天清晨，北京下了今年唯一一场小雪，可漫天雪片飞舞，我仍身着红色半袖T恤，独自在小公园花树间的积雪上跑步。凝视着挂在苍翠的小松树枝上的皑皑白雪，怅望着跟林老打球的小路，自言自语：这样的天林老是不会来的，等雪化了他就会来了。

前几天他来电话说，他能在平地拖着一条腿蹭着地走路了。闻讯后我似乎看到林老手扶着腿、弯着腰、跛着脚沿着公园小路边挪着脚步，不禁悲从心中涌来。可我坚信林老那当过老兵的腿久经磨难依然会脚步铿锵，还会抢拍跃身扣杀。

写于丙戌年岁末

（2006年岁末）

游江南

江南一游硝烟盛，机智作战海外兵。

商鏖虽无人牺牲，撒撒小钱砰砰声。

今日把酒送征程，换得他日再相逢。

2017年8月于上海华侨旅行团

察尔汗盐湖

躺在盐湖上抽烟，
儿时的十万个为什么。
五十多年的梦想，
成了格尔木亚朵酒店早餐的鸡汤，
嘴角挂着红辣子，
嘴唇火烧，
乘车直奔察尔汗盐湖场。

轮胎碾压盐铺的路，
飞溅颗粒闪银光，
嘎吱嘎吱，
与眸子里的盐湖交响，
追赶五十多年的盼望。

踏上五千多平方千米的盐湖一角，
晶莹的盐粒围着浅绿的湖水，
极目湖际濡润鳞云，
似乎悬云挂月，
目眩神离。

二千六百多米海拔，
曾经的海底，
神秘的力量举起，
沧海桑田人算什么！

愿做一粒盐，
躺在察尔汗，
有一天会随沧海，
化桑田。

2024年8月于格尔木

登顶布达拉宫

登顶布达拉宫没吸氧，

哈哈！

心与六十多岁，

还有糖尿病，

下赌多次终于，

赢了！

奖品？

再登珠峰大本营，

海拔五千二百米？

算了吧！

够自豪地吹牛了，

不逞能了，

见好就收！

总有一个挑战自己的计划，

激荡退化的身心，

怦怦怦，加速心跳，

不要过度呦！

总有一个计划弥补年轻的缺憾，

填补亏缺的脑血，

呼呼呼，

补充肺活量，

悠着点劲儿噢！

2024年8月于拉萨

127

喀纳斯湖

祖国西域新疆，
草原辽阔，
喀纳斯碧眼镶嵌，
神秘的湖水，
龙的家。

加拿大西岸哥伦比亚，
群山葱茏连绵，
哈里森明珠闪闪，
平静的湖面，
温泉涌。

喀纳斯湖，
地球左额头一毛孔，
哈里森湖，
地球右脸颊一毛孔，
一东一西，
一上一下，
承载着精华
守护着容颜。

喀纳斯哈里森呦，
一泓天水源头，
一轮太阳辉映，

滋养一个祖先的孩子。

蒸腾的湖水呦，
交汇在一起，
你中有我，
我中有你，
共住地球村。

2024年9月于喀纳斯

兰州黄河

黄河哺育华夏的乳汁，

无数次横跨眺望，

济南、呼和浩特、西宁，

目睹过冰凌下咆哮的壶口瀑布，

溅起的粉末刺痛脸颊，

可没触碰过河水。

今夏游兰州中山桥，

桥下一段黄土矮堤，

单膝跪下，

四指潜入黄河水，

逆流轻轻滑动，

一下，

二下，

三下。

将昏黄的河水沾到鼻下，

闻着黄土腥味，

涂到脸颊凉凉的。

捧在手心里，

在静静的河水里，

寻找祖国母亲，

寻找甲骨文，

寻找船工的号子。

炎黄祖先在哪里？

在黄沙里，

在河水的温度里，

在澹澹的细浪里，

在华夏的基因里，

在你的气息里，

在我的乡愁里！

我想用河水把我涂成，

不，

染成黄河水的橙黄，

跳进去，

饱尝母亲的乳汁，

捧一捧到加拿大，

让同胞们，

看看，

尝尝，

永远不会忘记，

黑眼睛，

浅黄皮肤的根！

2024年9月于兰州

西宁清晨爆竹声

八点钟是西宁的清晨，

吃早点太早了吧？

回到宾馆四十三楼喝茶。

鞭炮骤响，

茶水把嘴唇烫了一个小疱，

鸽子惊飞，

旋即落下。

而我，

眼睛瞪圆循声寻觅，

西山下满目新建筑，

烟雾从一片新楼盘地基升腾，

九点上班八点响炮？

西宁的习俗吧！

喝茶，

把眼睛收回，

提起的心脏落下。

鸽子似乎习以为常，

它们经历了无数次新盘爆竹，

落脚处太多的楼顶，

哪里觅食？

我用双脚揣度翅翼的天空，

哈哈，

喝茶吧！

2024年8月于西宁

贺兰山岩画

我的旅游必去打卡地，博物馆，

不是衣冠楚楚地踏上博物馆层层台阶找知识分子的感觉，

也不是戴上花镜端详鉴赏文物，

地方文物记载着历史事件和民俗。

旅，静下心来感受当地的民俗和气候特征，

游，走马观花休闲娱乐。

宁夏回族自治区博物馆陈列的岩画，

雕刻在风化残存小如鸡卵大如磨盘岩石上的线条画，

类似漫画的笔法，记录牧羊人生活。

展品来自贺兰山口，

立刻叫滴滴出发！

出了银川市沿路是裸露着大小鹅卵石沙砾地貌，

路过曾拍摄《大话西游》的镇北堡西部影视城。

买了张老年半价票，悲喜参半！

进大门先穿过韩美林艺术馆，

山口叠摞着巨大卵形风化石，

人们举目注视着站在一枚灰白卵石上的黑山羊，

猜测是雕塑还是真羊？

是雕塑，十几分钟纹丝不动，

是真羊，羊毛似乎随风飘动，

是真的野山羊！

坡下十余米宽上百米高的山口险峻，
怪石陡峭突兀唯恐滚落下来，
岳飞之勇踏破贺兰山缺，
岩画主要密布在山口六百米深处。
刻有虎豹鹿牛羊马，最多的当然是羊，
岩画刻在脚下至几十米高处，
记录近万年来游牧生活和祭拜场景，
构图粗犷朴实，
有的像孩子涂鸦的象形图案，
有的类似抽象符号。

岩画是传承文化和休闲娱乐吧，
山洪雨水冲刷，穿山风剥蚀，
绵延的贺兰山谷，
仅存可辨的图案给后人留下珍贵的记忆。

2024年12月于银川

忘了浇水

嘴唇发干端起茶杯，

水烫了一下舌头，

吸溜。

周六下午了，

花还没喝水，

放下杯子起身，

软的半仰的沙发吸住了腰。

可恨没记性，

花，孩子，生命是一样的。

孩子不喝水活七天，

花没水只能活两天，

真该死！

花喝足了水，

茶不烫了，

我看花笑了，

花挺直了腰向我招手。

2022年3月于温哥华

上大学为什么

仰面问苍天。
你为什么给我与生俱来的睿智，
让我走进这美轮美奂的殿堂？
天公答：要你在知识里历练，
将来去拯救她的黎民，
让他们富有幸福快乐。

俯首问大地。
你为什么把我降临这美丽的土地，
让我走进这强手如林的校园？
地母答：要你在拼搏中奋进，
将来富饶这贫瘠的山河，
让它风调雨顺巍峨。

抬头问双亲。
你们为什么在劳苦里倾囊助我读书，
让我走进这人间天堂般的都市？
双亲答：让你在安逸中学习，
将来改变我们的山川，
让乡亲们美酒欢歌。

凝思问祖国。

你为什么把校园建得这样舒适，

让我饱尝这无忧无虑的生活?

祖国答：华夏要你在冥思中探索，

将来成就科学的伟业，

让它强大文明安和。

2006年10月于北京

初雪

我讨厌，不宣而战的初雪，
伫立在我窗前红枫叶上面，
把送到我窗前的火把，
扑灭！

我诅咒，你查封了我在埋着洋姜的地里，
刚刚竖起的标记，
让我到哪去挖到深藏的美味？
你，紧紧捂住挂在树枝上的鸟食罐。
你没有嘴，
寒冷把你喂养，
你为什么要把米食搂在你的怀里，
让鸟找不到觅食的踪迹。

我嫉妒，你的白，
你有什么了不起。
虽然，
没有任何词汇形容你的洁白，
可，你没有权利，
绞杀一切的颜色。

阳光不比你博大，
不比你炽热，
它都不这样霸道。

它送给大地斑斓的温暖，

噢，它是你的天敌。

枫叶上的雪，

你狂傲吧！

晨曦的霞光，

会把你染成红色。

收起你的傲慢吧，

灿烂的阳光，

终将把你收回天际。

2017年11月于温哥华

温城又雪

繁雪又归四五载，北翁东妪盹首盼；

淡墨烟雨梨花飘，疑似繁星落温城；

濡袖倚坐眺西海，铁船澹澹有无间；

一派茫茫皓玉洁，鹊鼠凭何寻归影；

重峦叠嶂万里雪，莫晓九重多梨树；

均平瑞银施广恩，管他加国美利坚。

注释：

温哥华四五年没下过如此大的雪，北部山峰像一位老妪打着盹儿盼着；天空飘着雪花，好像繁星落下；

老妪双手揣在袖子里坐着眺望西边的海，船舶在飘雪中时隐时现；大雪茫茫染白了山川覆盖了大地，乌鸦老鼠找不到归途；

重峦叠嶂的山峦被雪覆盖，不晓得九重天上有多少梨树；瑞雪滋养大地。

2016年11月于温哥华

用心读诗

如果我把诗

用血染成红色朗读

它从我的眼睛喷射出彩霞

如果我把诗

随食物吞到腹中朗读

它将使我的肺腑崩裂

如果我把诗

像水濡润到细胞里朗读

它会变成绵绵细雨

如果我把诗

随着酒喝了朗诵

它伴着我的脚步把舞台踢翻

如果我把诗

牵着情人的手朗诵

它会化作漫天彩虹

如果我把诗

塞到心里朗诵

它会让大海燃烧

2020年1月于温哥华

我不写诗

我不会写诗
诗是汪洋大海
太大
我找不到源头
我喜欢在诗的海洋里游泳

我不敢写诗
诗是地心冲破地壳喷出的岩浆
怕把我烧成灰烬
我的心无法安葬

我不想写诗
诗是我的脑浆我的精华
没有了这些
我怎么苟且一生

我怕写诗
写诗时激情崩裂
万一
把我心中的龌龊喷射出来
多么难堪

我不能写诗

诗是深藏瑰宝

瑰宝是我

藏在骨髓肝脏里的

写出来它就死了

2020年4月于温哥华

滴水之恩

我是一滴水，落在黄土高原，
把我染成黄色滋润高粱塬，
心里甘甜。
我是一滴水，落在金色沙滩，
兄弟姐妹一起汇成月儿泉，
月儿弯弯。
我是一滴水，落在葱茏松田，
沿着松针悄悄地跌落擦肩，
润在林间。
我是一滴水，落在战舰船边，
以微薄之力承托父老安全，
责任重担。

我是一滴水，是你黄色泪珠，
你用千百年勤劳把它培育，
永不褪色。
我是一滴水，是你大地腾出，
赤青黄白墨五色土把它举，
寰宇共得。
我是一滴水，是你乳汁雨露，
乳白色里含有全部的养分，
倾腹全舍。
我是一滴水，是你从汁液吐，

甘甜蔗糖乳白胶液藏枝里，
养育你我。

我是一滴水，化云飞越太平洋，
落入地球村舍遥遥家万里，
到加拿大。
我是一滴水，入海东流随浪，
风吹洋流成群结队的交响曲，
汇成一家。
我是一滴水，处处家是故乡，
环球各种肤色语言作邻里，
多元文化。
我是一滴水，滴水之恩有心量，
心乐开花。

遥远的家乡

太平洋的那一方
是我思念的故乡
有我赤足的奔跑
和跳皮筋捉迷藏

穿越地球那山岗
有我心爱的牧场
我与牛羊群赛跑
和风儿一起歌唱

是谁走进了闺房
看我明媚地梳妆
枕边厚厚的书信
依旧飘散着墨香

阿爸过年炖羊汤
阿妈剪纸贴在窗
盼我回家过大年
喊来邻居喝高粱

老家玉米满粮仓
贴饼子上抹大酱
烤肉啤酒不能少
盘起腿来坐大炕

捉迷藏来哟和风一起唱
跳皮筋哟捉迷藏
坐大炕哟喝高粱

2021年6月于温哥华

和景晨卸任感言

记景晨执掌鹭岛和诗梦风华八年后卸任

景骥伏枥逾八载，讷言埋头琴弦鸣。

晨缰张紧不懈怠，始终如一笔墨清。

2023年9月于温哥华

君子兰赋

君子之蓝叶卑躬，雅淡花瓣降紫红。

微言诗书满腹中，哑琴无声胸中隆。

注释：

作于微言本拿比宅，

微言本那比家窗台一盆君子兰花盛开过呈绛紫色，

他本想拉一提琴曲未果。

2023年7月于温哥华

剧本

装修 I

剧情简介：

故事发生在温哥华列治文一家华人独栋房屋装修过程中，主人新买了一间独栋，室内需要部分改装，院子的布局及园林风格都要重新规划。各种身份的华裔移民，为了家庭团聚等原因，当起了临时的园林装修杂工。他们做着无奈的工作，在工作中碰撞出一部悲壮的交响乐章。

剧中人物：

赵姐：中年女业主，曾在国内当幼儿舞蹈教师，移民五年，现带女儿在温哥华读书。

July：赵姐女儿，上中学，15岁，10岁来温哥华。

Sophia：中年女士，家政，曾在国内当产科医生。

范宏伟：赵姐的先生，原公务员下海，在国内经营服装公司。

贾老板：装修公司老板，曾在国内任职建筑设计院高级工程师。

崔教授：贾老板装修公司的帮工，曾在国内任职美术学院副教授。

一

旁白：赵姐初来加拿大，为了安全和孩子上学方便买了一间公寓住，刚在富人区买了大别墅，满足了欲望，也能给国内亲戚朋友晒晒幸福。

赵姐计划重新收拾一下房子，一来对室内局部和外面院子结构不满意，二来讲究的人喜欢换换新。她托朋友，看广告找工程队，但对朋友介绍的总是疑惑，最后还是相信自己找的工程队。

赵　姐　（打电话）贾老板你好，我在都市报上看到你们的广告，我新买的房子，室内需要部分改装，室外院子得重新规划。你们能干吗？

贾老板　您好，没问题，我们需要到现场做方案和预算，请您把地址用短信发给我，谢谢！

旁白：赵姐把地址发给了贾老板。贾老板开了一辆新奔驰工具车来到别墅，赵姐带他看了房间需要改装的部分，并和他谈了室外园林的改造想法。她刚送走贾老板，电话就响了。

赵　姐　喂，宏伟，你那儿大半夜的有什么事，机票订了吗？

范宏伟　同乡会一个朋友听说咱家装修的事，给我推荐了一个工程队。朋友说那个老板原来是农业大学园林系教授，我把你电话给他了，你看着办吧。我定的四月初机票，春假后机票便宜。

　　旁白：赵姐还没放下电话，Sophia进来了，赵姐心里正乱着呢，撂下电话便跟Sophia絮叨。

赵　姐　哎，Sophia，你说刚来的贾老板是设计院的高级工程师，宏伟朋友又介绍一位农大的教授。他们都是学富五车的高知，怎么干起了体力活了，我怀疑他们干得了吗？！

Sophia　你是投资移民，带着大把钱移民的，宏伟还开着公司能挣钱。你来的时间短，没有深入接触过移民，你看我就知道了，我干了快二十年的产科医生不也是到你家打工来了吗！

July　　阿姨，你为什么不找个医院当医生，我同学妈妈是医学博士，在市医院当护士，护士挣钱比国内医生还多呢。

赵　姐　当护士也要考证，英语就难着呢，你的英语还没过关呢，要好好学啊！

　　旁白：July好似对加拿大了解很多，刚插一句嘴就被妈妈堵了一句。

Sophia　July英语说得溜溜的。我和我先生英语都一般，我考雅思刚好及格才办的移民。他更不行，到这儿学英语他上课就困，断断续续没上两年移民英语班说什么都不去了，只好去水产市场打个零工挣个低工资。

July　　我妈上英语课什么也没学会，到那儿就是交朋友去了。您英语学到几级了？

赵　姐　你妈我学跳舞的，文化课学不进去，一级我都上第二次了。英文字母碰着我的眼皮就掉地上，不往眼里进。我同学倒是有几位来自国内的，聊天聊得老师不拍几下桌子且安静不了呢。

July	妈，您每次带两盒饭吃得了吗？给什么人带了一份吧？
赵　姐	去，多带点儿我是跟同学换饭吃。
July	是跟老给你打电话说英语的那个……吧？
赵　姐	呵，监视我呢？走，写作业去！
Sophia	来这儿交朋友都是去教堂和上英语课，还有参加同乡会和校友会的。July说的打电话那个，是男的女的？
赵　姐	别听她瞎说，是老乡，那家伙英语说得还行但不会写，他在听说班三级，普通书写班才一级，打电话主要帮我练听说。

二

　　旁白：前后来了三拨工程队报价，赵姐还是采纳了Sophia的建议，没选便宜的而是选了报价中间的贾老板。一是他们看上去很实在，二是觉得高级知识分子找点活不容易，又不是难度高的技术活。

　　贾老板和崔教授开着车来到赵姐家开工了。崔教授还是第一次坐着大工程车正儿八经地来工地，刚停车他就跳下来准备卸工具。贾老板说等一下他问问再卸。赵姐听见大车声出了门。

贾老板	赵姐。
赵　姐	你们真准时啊，踏着表针来的，整九点。叫英文名Nanna，别把我叫老了。
崔教授	我们上课踩着铃声进教室习惯了。
贾老板	赵姐我们先干院子里的活再干屋里的？
赵　姐	你们看着办吧，保证质量，吃饭休息到屋里来，需要什么找我或屋里那位智慧姐Sophia。
贾老板	大姐，这片老地砖就不动了，花池子拆了铺新地砖，新地砖和老地砖接上，就是颜色有新有旧，过两年就一样了。
Sophia	（推门出来客气说）师傅们辛苦了，热水壶在屋里桌子上，自己倒水啊，需要什么找我。

赵　姐　茶叶在桌上有好几种，都是我先生从国内带来的好茶。

贾老板　谢谢！崔老师你先干外面的，外面活多，先拆花池子。

崔教授　好嘞，拆的砖还要吗？

贾老板　没什么用，搬院外面再说。

崔教授　没用我拿回去。

　　旁白：花池子拆了，老地砖留下一条参差不齐的边线，铺新砖怎么也跟旧砖衔接不好。崔教授只能把旧的砖扒下一部分寻找衔接的办法，他越找越乱只能叫贾老板来弄了。

崔教授　不好意思，贾工，你看新旧砖我接不上茬儿，还是角对角接，把旧的拆了一片越搞越乱，你试试弄吧。

贾老板　哎呀，原来的旧砖我想不动了，我预算没算进去，这可麻烦了，我来试试。

　　旁白：贾老板亲自动手试了一下发现，不仅有接茬儿问题，而且原来那片地砖有凹陷，只能全部拆除重铺，这就要跟主人商量了。这事明显是做方案经验不足，连拆旧的再加铺新地砖，工料不少钱必须追加费用，只好找主人商量。赵姐一听要加这么多钱不高兴了。

赵　姐　（对着贾老板用埋怨的口气说）当初我看你是学建筑的高级工程师，高价钱把活给了你们，这点小事你们都干不了。

贾老板　我是想给你省点钱，所以建议老地砖就不动了，没想到新老地基很难处理。

崔教授　不可能把新地儿夯得和老地儿一样，就是暂时铺平了以后也不一样平。

Sophia　（从屋里走出来看）你们又是建筑工程师，又是美术学院教授，这点弄土的事还没招了？想想办法，别让我妹妹为难。

赵　姐　你们先别干了，我晚上给我先生打个电话再说吧，不好意思啊。

　　旁白：贾老板只好停工等消息，自己知道没经验，当时做方案是想给她省点钱，也想报价低点拿下这个活儿，所以建议业主老地砖就不换了。

崔教授　贾工，你干这类活多长时间了？

贾老板　实话说，这是我第二次接活干，以前跟你一样看报纸和温哥华招工
　　　　广告找日工干。在这儿待了半年多，七零八碎干了有两个月。

崔教授　我也是第二次出来干零工，除了有点力气什么都不会，拿画笔的能
　　　　干什么呢。

贾老板　你教画画在这儿很有市场，干这个活干吗呀？

崔教授　我的签证还有半年就过期了，不能走了，老在家待着没事，想找个
　　　　活聊聊天，也接触一下这儿的社会。

贾老板　可不，我也是，五年要在这儿待两年，国内就不能主管项目了，干
　　　　小型项目辅助设计，还不是老有活，挣得也少多了。既然选择移民
　　　　了枫叶卡也别废了，闺女还有七八年才毕业，她想让我在这儿发展。

崔教授　那你太太呢？

贾老板　办移民当时我就不同意，她在化工设计院，我在建筑设计院，都是
　　　　顶梁柱，看别人孩子出国读书，她很美慕，非要带孩子出来。我想
　　　　等几年孩子上高中或大学再出来，再挣几年钱出来歇着了，结果她
　　　　偷偷办了移民，中介费都交了。

崔教授　我跟你一样也是太太硬要出国，我是不想出来，儿子想留学以后给
　　　　钱自己来。太太让中介给撺掇的，又是办班又是请吃饭，被这些想
　　　　出国的一怂恿，把国外想得跟天堂似的，不出来觉都睡不踏实，没
　　　　办法掏了小一百万办了投资移民。

贾老板　怎么不办技术移民？省钱多了，我们花了不到十万。

崔教授　我俩英语都不行，办移民把家底都花光了，国内就剩间房子了。我
　　　　只能在国内继续挣钱，可我老不来家就没了。

贾老板　说实话，我太太偷着办移民就没想要这个家，当时我们吵了好几架，
　　　　我主要想我闺女。

三

旁白：赵姐看他们还不走便从后门溜出去了，Sophia端着水壶出来探个究竟。

Sophia　两位师傅，不，两位高工教授，给你们加点热水。赵姐出去了，她不是说晚上给她先生打电话沟通一下，国内是夜里。多出几千块加币，折合人民币好几万，她做不了主，不能让她掏钱呢。

崔教授　她的钱还不是她老公的钱，什么事还得老公做主！

贾老板　老崔，你没跟他们打过交道，你可不知道，我在上一家客户收拾园子，那业主是原配，从她老公那儿捞回扣，让我给说漏了。

Sophia　怎么回事，跟你有什么关系，什么给说漏了？

崔教授　那你惹祸了？

贾老板　倒没事，跟我没关系。我干完活结账，那个女主人说暂时没钱，等她先生下周回来就给我。正巧那天我收工晚，我出院门刚要上车碰见她先生遛狗回来，我跟他说要钱的事，才知道她跟她先生说的工钱比给我的多出五千加币。

崔教授　欸，大姐，你在她家做什么？

旁白：崔教授听着贾老板讲故事，观察到Sophia面露异色，问了一句。

Sophia　我是帮她忙，也陪她聊聊天，一周来几次。我跟你们一样，移民丢掉了专业，像我学医的更是难找工作，我这岁数当个护士都没资格了。

贾老板　你在国内什么地方当医生？我看这儿中医门诊到处都是。

崔教授　我夫人也是医生，搞药理的，在这儿考个药剂师挣钱还可以。

Sophia　（用羡慕的眼神看着崔教授）你太太是药剂师，工资至少三十八加币每小时，你还出来打工干吗？钓钓鱼滑滑雪，享受温哥华的好山好水吧。（转向贾工说）我在沈阳妇产医院产科是副主任医师，这儿不承认国内的医师资格，外来的医生都不认。

贾老板　你先生是做什么的？

Sophia　说出来不好意思，我先生也是药剂师，我们院的药房主任。但他英语不行，在这儿考了两次药剂师都过不去，只好找个简单活干，现在在水产市场打工。水产市场挣钱少我也找个零工挣点儿，俩孩子上学我也上不了班。

　　旁白：崔教授听了Sophia现在的窘境，自己内心的困境竟顺口溜了出来。

崔教授　在这儿我跟你相反，我太太挣钱多，老爷们很尴尬，所以我不能丢了国内的饭碗。我要是待在这儿就惨了，好像鱼跳到岸上了，等死。

贾老板　什么意思？我太太挣钱我也挣钱，我为什么接活当个小老板？就是要干出点名堂来。

Sophia　也是，男人好面子。可是女人挣钱多也没错呀。

崔教授　我这两边跑收入都没她多，现在她说话口气都变了，我英语又不行，出门买东西都离不开她。我想到过在家教画画，但和她成天泡在一个屋子里，矛盾会更大，闹不好得离婚。

四

　　旁白：赵姐从Sophia那得知贾老板不是为了家庭团聚，而是为了男人的尊严不得已干起了力气活。她看着帅气的贾老板也明白他的窘境，恻隐之心像一股凉气从两寸高的鞋跟底下缓缓地上升穿过胸口，逐渐温暖烧到天庭，最后她没和丈夫商量就同意追加工程款了。

　　快中午了，贾老板一个人在院子里转，赵姐拿了一罐啤酒出来，随手噗的一声打开。

赵　姐　贾哥，给，德国的。画家没来？

　　旁白：贾老板抬头刚要谢绝，可啤酒启封了，只好走过去拿。赵姐紧走两步把酒送到他的手里，贾老板接酒瞬间，两只手碰着了。

贾老板　（急忙喝了一小口啤酒）我来看看，你先生同意了吗？老崔去诊所了我打电话让他再来。

赵　姐　哎，把砖都换了吧，要不新旧混在一起也不好看。他管不过来我这儿的事，让他知道就行了。

贾老板　老板大哥是做什么买卖的？

赵　姐　服装加工厂，做进出口贸易的。

贾老板　他常来吗？

赵　姐　做服装加工比较麻烦，天天都是新样式，这活拴人，只能抽空来。

贾老板　那他枫叶卡怎么办？

赵　姐　我们移民来四年多，他总共住了不到半年，估计换不了枫叶卡了，好在现在有十年签证。

贾老板　我给老崔打电话让他过来。

赵　姐　中午了，明天再说吧，让他看完病休息一下。来，进来我再给你点钱多订点砖过来。

旁白：贾老板跟着赵姐进门，站在门口等着拿钱。赵姐没有立即取钱，她走到沙发前叫贾老板坐下，随手把水果和干果盘推了过来。贾老板打量着客厅落座。

赵　姐　您喜欢温哥华吗？常住？

贾老板　男人对地儿无所谓，主要是工作挣钱。温哥华这地方休闲不错，但我语言不行玩儿也不行，女儿老打电话叫我来。

赵　姐　我女儿叫她爸来他也不来。开工厂离不开人，我就跟没他一样，只要每年把分红给我就完事。你是不是在国内还有房呢？

贾老板　我可没那实力，要不我还干这活？国内下工地鞋都不沾泥，到工程指挥部看看进度就完事。

赵　姐　（站起来取水）你们男人有了实力都是这一套，女人命苦……

五

旁白：富二代的女儿到了温哥华可是有钱加自由，再有法律的保护让中国家长无可奈何。女儿上十年级，她爸就给买了两千多加币的奢侈品包，女儿经常和男生玩，还有洋人男孩。

Sophia　July，是不是又到你爸那儿打小报告了？

July　没有，奶奶过生日，我跟我爸商量买什么老人保健品寄给奶奶。

Sophia　你爸怎么知道干活的贾师傅那么多情况？你妈参加烧烤和那位叔叔的照片是你发给你爸的吧……小特务，别惹你妈生气。

July　特务是有经费的，我妈是我的财神我可惹不起。我爸跟我妈都说了？

　　旁白：赵姐和朋友喝茶时收到老师发来的July考试成绩邮件，除了一个B，其余就是C和不及格。她卡着July下学的点回家，看着July和Sophia正在聊天，愠怒即将爆发，但又压着眼皮闭着嘴进了门，外衣脱了翻着挂在衣橱里。

赵　姐　July，你考得怎样？

July　你不是都知道了，还问我干吗？我脑子笨随你有什么办法，可我漂亮随我爸。加拿大学习成绩不重要，活得幸福快乐就行，您别有气儿撒我身上。

赵　姐　我学跳舞的，你的身材随我！就那单眼皮随你爹。我跟你说，你别跟那些洋男孩混，他们可随便着呢，你没看这儿的大学生还有生了孩子上学的呢！我是指不上你了。

Sophia　哎呀，行啦July，大人的事你不懂，别什么事都跟你爸说，你妈一人带着你不容易。（扭头对赵姐说）你就甭想将来指着孩子，他们以后会飞到全世界去。

July　我以后想到法国去，浪漫之都。

　　旁白：July边说边臭美，上楼去了。赵姐心里一直有一种恐惧感，知道老公以后不会来加拿大，自己又不想回去，女儿以后再离开了，她可怎么过呀。

赵　姐　移民在国内的人看来好风光，可把家给扯碎了。中国人还是过有家的日子，以后我就跟着闺女，帮她看孩子，跟她过。

Sophia　你可别指望孩子管你。我条件没你好，每天伺候孩子做饭接送，小学时候还得送饭。有一次我跟女儿说："等我老了你也要伺候我不能烦，我要是住院了天天记得给妈送饭。"

赵　姐　你女儿行。

Sophia　行什么呀，你猜她怎么说？

赵　姐　答应你呗。

Sophia　那就好啦，她非常严肃地对我说："你不要以为生我养我就对我有恩，我就要报答。生我跟我有什么关系，养我是你的责任义务，你不养我政府养我，养不好政府就把我送到义工家养。"

　　旁白：Sophia的女儿说的是学校里传授的加拿大家庭成员之间的法律关系，这个关系的基础来自西方文化，与东方传统家文化大相径庭，Sophia能理解而赵姐听了更失望。

赵　姐　（一屁股坐在沙发上，手捂着心脏）哎呀，我心脏又乱跳了。

Sophia　我给你拿药去，快躺下。（到赵姐卧室取药递给她）不用害怕，人家加拿大人一代一代过得好好的，你适应了就接受了。

　　旁白：July听了她们的对话，当听着妈妈"哎呀"一声，她踏着急鼓点似的脚步跑了下来，蹲在妈妈沙发旁用手抚摩她的面颊。

July　妈，我管你，你走不动了的时候，我雇人照顾你，不，我背着你上班。以后我不跟我爸说你的事了。

赵　姐　那你跟我说说你爸在国内的事。

July　您又来了，我写作业去了。

　　　　　　　　　　　　　　　　　　　　　2021年3月于温哥华

装修2

一

Sophia （扫院子）欸，赵姐你还别说，贾工和老崔的活干得不错，你看这线是线角是角的，新旧砖插接成花了。

赵　姐 有学问的干事就是讲究，看他们干活慢得跟画画似的，砖铺地那高低缝隙可讲究。别看老贾，噢，贾工看上去有点粗，干起活来心细着呢。

Sophia 还帅呢，哟，看上了，人家老婆在身边呢，小心，别找事儿！不过贾工能干敢闯，在这儿也能干出名堂来。

赵　姐 我倒喜欢这粗犷劲，说话那调也风趣还挺幽默的。你说老崔人咋样？

Sophia　崔教授老想在外边找活躲着他太太，我看他就适合在家教画画，小白脸，一点爷们儿气都没有，你看他连棵小松树都提不起来。你家宏伟白得像江南小生可能当老板赚大钱呢。

赵　姐　他呀是赶上改革开放初期的好时候了，我弟弟也干企业，帮他不少。

Sophia　有个有钱的，现在又看上个有劲儿的，行呢你。

赵　姐　拿我开涮呢。

　　旁白：Sophia和赵姐正聊着"曹操"，曹操到了，贾老板开着呜呜响的大奔驰工具车，噌一脚刹车停在距Sophia不到一尺的距离，开门跳下车来。

贾老板　大姐，今天周一，你怎么来了？

赵　姐　我叫她来的，July选课的事想跟她商量。

Sophia　（对赵姐说）欸，周一他来，周二我来。（对着贾老板说）我这灯泡立马断电走人。

赵　姐　别走，一起聊会儿天，瞎说什么呢，我想把厨房也改一下。

贾老板　您这智慧姐别走哇，指着你出主意呢，人家特地约你来当参谋的。

Sophia　今天孩子放学早，我得回家做饭，你们商量吧，我给你们关好门。

赵　姐　（看到贾工沮丧的脸）怎么了，这副模样，加班熬夜了？

贾老板　（磨叽一会儿）加什么班，没劲。

赵　姐　吵架了，到这儿了气还没消？

贾老板　现在她看我怎么都不顺眼，我每天回家浑身是灰，满身油漆味，嫌我脏。

赵　姐　下班换身衣服洗洗再回家，在这儿干这活真不容易。

贾老板　哎，别说了，厨房打算怎么改？刚结婚那会儿，我下工地回来也脏着呢，她高兴着呢。

赵　姐　餐台上我想装个木框吊灯，吊灯能升降，自己家吃饭时灯降下来特温馨，客人来了升上去敞亮大气。

贾老板　我上去量一下尺寸。

　　旁白：贾老板说着双手按住台面噌一下上去了，赵姐吓了一跳双手下意识地去扶他，瞬间贾老板蹿上去了。

赵　姐　慢点，也快五十了，以后要小心点。

贾老板　没事，习惯了，看我这体型运动员级的，二级运动员打排球的。

　　旁白：贾工边问赵姐边量尺寸，量完双脚腾空，然后双手扶着台面跃下来了，赵姐看他要落下时双手去扶他，结果一只手插进了贾工的后背衣服里，另一只手扶在他胸前……

二

　　旁白：July上十年级，需要根据上大学的方向选修课程。她想回国学跳舞，以后在国内发展，这可激怒了赵姐，女儿回国上大学，回到她爸那儿去了，她一人在温哥华，不行。

赵　姐　July下来。

July　（从楼上下来）干吗呀？

赵　姐　为你选课的事，今天Sophia来了，我咨询了她选课的事。

July　妈，将来我想回国学跳舞，跳舞在这儿没发展前途。你给我找专业舞蹈老师教我，我不用选什么课了，好好学英文就得了。

　　旁白：赵姐一下子气爆了，几步走到July面前，用指头戳着她的额头。

赵　姐　什么？回国上大学！你跟谁商量了，是不是你爸的主意？我告诉你，没门！不要你妈了是不是？

July　科学课我学不来，你想让我当律师我也不是那块料，我的优势就是你遗传的好身材，从小我就喜欢舞蹈，这事我没跟我爸说呢。

赵　姐　（抄起电话呼Sophia，心脏怦怦悸动）大姐快来我这儿，小丫头想回国学舞蹈。

贾老板　别着急，是我（大喘几口气），我给你叫智慧姐，等着我也过去。

　　旁白：赵姐听了贾老板的话，接了杯水坐在沙发上，眼泪滴到了杯子里，掩面抽泣。她听到大工具车声，没起身用手托着腮，贾老板敲了几下门。

赵　姐　门开着呢。

　　旁白：贾老板进门扫视一下，只见赵姐坐在沙发上，没见到July，他向楼上望了望没见动静，坐在赵姐对面沙发上发睿。

贾老板　Sophia一会儿就来，孩子考学还是要尊重她的选择，没事我走了，离孩子上大学还早着呢，甭着急。

　　旁白：赵姐含泪头都没抬。贾老板开门正想赶快离开这尴尬境况，Sophia恰巧和贾老板撞了个照面。

Sophia　怎么啦，气成啥样了？

贾老板　你看看去吧，离考大学还早着呢，现在生哪门子气呀。

　　旁白：贾工说完侧身走了，Sophia进门后轻轻掩上门，走过去坐在赵姐旁，给她添了点水。

Sophia　July，July，（跟赵姐说）孩子下来，一起分析分析，别着急，孩子懂事。

July　　（打开房门走下来）阿姨，您说，我喜欢舞蹈就不爱看书，我不发挥我的特长，白长我的大长腿，我特别喜欢中国的民族舞。

Sophia　我支持你，充分发挥特长又喜欢，这是最理想的人生境界，尤其是女孩子。不过在加拿大上大学不全是为工作，像你这有钱家的孩子更多的是为生活乐趣。

July　　我特喜欢《白毛女》里的喜儿，穿着小花袄跳芭蕾，还有长长的辫子。

　　旁白：July说着一个飞腿贴到耳朵上，踮着脚尖转了一圈，腿搭在妈妈的肩上。赵姐握住女儿的脚踝把脚贴在脸颊。

赵　姐　妈不是反对你学舞蹈，妈怕你离开我，去温哥华的艺术学院学去。我在学校附近买套房子，咱搬到那儿住，不住宿舍。

July　　得，您行了吧，我对您要敬而远之，要不我得疯了。

Sophia　对呀，芭蕾舞起源于西方，这儿正宗。July其实你不一定非选舞蹈专业，学舞蹈最终就是开个舞蹈学校教教孩子跳舞，像你妈似的。学个市场营销什么的，帮你爸开拓海外市场，把跳舞当休闲锻炼身体。

赵　姐　像我怎么啦，在温哥华学校教孩子跳舞排节目，多美的工作，现在
　　　　谁要是聘用我我巴不得呢。

July　　我文化课不行，英语我就过不去。我喜欢中国的民族舞，我回国算
　　　　是留学生，很容易考上。毕业我肯定会回来的，我喜欢温哥华，再
　　　　说我还得背着我妈上班去呢。

赵　姐　我就不想让她到她爸身边去。

Sophia　我就知道你这点心眼儿，July到法国学芭蕾你准同意。

　　　旁白：说着赵姐叹了口气站起来，搂着女儿静静沉默了好久。Sophia掏
出电话打给贾老板。

<h2 style="text-align:center">三</h2>

　　　旁白：赵姐听到门把手转动的声音，朝门的方向喊了一声。

赵　姐　进来吧没锁门，（贾工进门，赵姐递过咖啡）喝我这杯吧，加块糖。

贾老板　July没事吧？离上大学还两年多呢，不用急，慢慢她就知道自己适合
　　　　干什么了。给她找个专业舞蹈老师辅导，上不上舞蹈专业都是好事。

赵　姐　我怕闺女跑她爸那去再不回来了，都美了他了，我可怎么办呢！

　　　旁白：赵姐说着热泪盈眶地一下抱住贾老板的腰，仰头看着贾老板，泪
水顺着眼角溢出……

贾老板　不知道为什么，可能是中国人水土不服，出国夫妻关系都慢慢变了，
　　　　你看崔教授也这样。

赵　姐　哎，还都想出来，明知道在国内老公都看不住，出来给人家腾地方
　　　　呢。我原来在公司管着钱，现在只能花人家给的零花钱。

贾老板　我早就被赶出门了，在国内都是同床睡，到这儿可能是学老外分房
　　　　睡，她说每天很累怕我影响她休息，这儿虽房子大可摸不着人了。

赵　姐　我听说加拿大孩子从小就分床睡，大点就分房睡了，还有很多非婚
　　　　家庭。

贾老板　可不是，你看着老外两人带着孩子玩，很多是同居家庭没结婚证。

赵　姐　我也听姐妹说过，我想是因为他们富裕有条件，社会保障好，图个自由，回避矛盾。

贾老板　这可能是有钱了的病，来温哥华的人不是有钱的就是能挣钱的，也染上了这个毛病。

　　旁白：崔教授给贾老板打电话来，给甜蜜的二人世界画了个逗号，崔教授想租一间教室教画画，特来咨询贾老板。

崔教授　（打电话）老贾在哪儿呢？我想租间教室教画画，给我出出主意。

贾老板　（接电话）欸，老崔，我在赵姐这儿，你过来吧。

赵　姐　崔教授还租房子，好多人把车库改装成教室、理发室，花不了多少钱还方便，不用出门在家上班。（说着听见敲门声）准是崔教授来了。

崔教授　嗬，俩人聊什么呢，不是讨论我租教室的事吧？不着急有合适的就租。

贾老板　可不，给你出主意呢。赵姐说你把车库改装成教室，省钱还方便。

崔教授　我还改装什么呀，我车库那有一间现成的房子向阳光线好，现在是我的画室，我还不是想自由一点嘛。

　　旁白：贾老板苦笑着，从沙发上站起身来，惆怅地叹一口气。

贾老板　我把这茬儿忘了，同病相怜呐。

崔教授　跟谁相连，我是受压迫的低收入者。咱们这岁数的爷们到加拿大，这是蹦上岸的鱼，我不能等死呀，挣扎一下可能找片好水颐养天年了。

赵　姐　你说的水是人还是事儿呀？

崔教授　再找个祸水的人我就跳海了。我了解一些美术课堂，挺火的，一班四个孩子，课时费每人四十加币两小时，合一小时挣八十加币。

贾老板　行啊，赶上家庭医生的收入了。找好地儿了吗？

崔教授　看了几处，有两处还行，我约一下你们，帮我看一下有什么要注意的。

赵　姐　最好找离商场近的，宝妈们最喜欢把孩子往教室一放去逛商场。

贾老板　考虑好停车，楼上左邻右舍要安静。

赵　姐　卫生间别太远，要不孩子太小上厕所你得跟着。July原来上舞蹈课就是离厕所远，我老怕孩子出事儿，我就换个学校。你太太知道你要到外边租教室？

崔教授　没说呢，租好了再说，她不会反对。她在这儿带着孩子快三年了，我没来几趟，她都过独了，她肯定愿意我在外边租房子。

赵　姐　人家药剂师挣钱多，要你有什么用。

　　　旁白：赵姐紧跟了一句女人好奇的问题。

赵　姐　还跟你一块睡吗？

崔教授　移民第二年，我回来就给我安排好睡房了，她说一个人睡觉习惯了。开始跟孩子睡，后来让闺女单睡去了。

贾老板　得，你也没用了，你还不如再买间房子，工作生活都解决了。赵姐你说这主意如何？

赵　姐　宁折十座庙不毁一桩婚，你这缺德主意，崔老师别听他的，我也跟你看看去。

崔教授　哎，你们提醒得对，了解一下再说吧。我搅了你们俩的好事了，对不起对不起。

　　　旁白：此时赵姐面对这两个裂痕满布的家庭，再想到自己的家被太平洋撕开渐渐淡漠的感情，惆怅茫然地轻声开口了。

赵　姐　少废话，跟你说点正经的，也是心里话。其实我们女人不想离开男人，也离不了男人，女人需要有棵树靠着才踏实。

崔教授　女人本事大了就不需要靠谁了，很多女人认为自己挣的钱是自己的，男人挣的钱有她一半。男人呢，挣钱天经地义是全家的，这事我见多了。

贾老板　我也见过不少。

崔教授　我原来的同事业余教画画挣外快给她父母去旅游，她先生的奖金给他父母买个冰箱都不行。我老婆就这样，光接她父母来这玩，怎么不接我父母来呢！

赵　姐　女人就是顾家，我有个姑娘算有指望了。

四

旁白：赵姐对课外课堂的事了解不多，看见崔教授办美术班的迫切心情，想到Sophia两个孩子在这儿上学长大，对这事一定知道得多，便给她打电话。

赵　姐　大姐吗？有时间吗？来我这儿一趟，老崔，崔教授想租教室办美术班，来给参谋参谋。

Sophia　（进门）哟，三缺一，崔教授您一只灯泡不够亮还搭上我。

崔教授　我掉到温哥华乌云里都找不到亮，还灯泡呢。来帮我拿拿主意，今天我请客。

旁白：崔教授不明白灯泡的意思，但说请客是认真的。他又把看过的几间教室情况给Sophia说了一遍。

Sophia　老贾考虑得周到，还有一点就是得问清楚允许装修打隔断改变房子结构吗？对了，租几年、房租怎么涨？

贾老板　还是智慧姐经验多。

Sophia　正好你们都在，也帮我出出主意，我到加拿大还没住过别墅，每次来赵姐这儿都会勾起我买别墅的念头。

旁白：住别墅已成为Sophia的心病，一直没好意思说，今天借着聊天终于说出口。

贾老板　找别墅没问题，我搞装修到处跑可以帮你打听，想买哪儿的、什么价位的？

赵　姐　你先生什么想法？换房子是大事情，工作和孩子上学都要考虑，你家的联排别墅也不错。

Sophia　我跟他提过，他一听就蹿儿了，他说在国内过得轻松潇洒，到加拿大只能打工，天天算计着过日子……

崔教授　你家先生的感觉一点没错，我夫人挣得多点也总是计算着花销，这儿花钱像冒烟似的，不捂紧点儿，看不见就没了。

贾老板　你没看这儿人不管挣多少钱，天天查信用卡还有没有钱，经常透支被罚19.5%利息。

Sophia 加拿大地税各种保险物业费太贵，挣钱不多还要交所得税。还有水电气，每个月都有一堆费要交，再加上贷款，必须计划着花。

旁白：平时寡言的崔教授，在轻松温情的气氛里也冒出了几句憋在心里的话。

崔教授 其实男人心里更算计，男人天生像龟，背着盖背着挣钱养家的责任，中国人又保守总是留点余钱，不像老外习惯透支。

赵　姐 还有的姐们把钱偷着藏在娘家，我认识一位，把年终奖金留一半存到她妈那儿。

贾老板 我在国内买房，她想买大点的，我说没那么多钱，她说到你妈那借点。我妈哪有钱呢，我说要不你到你妈那借，要不就算了，她不去借。

Sophia 我妈有钱我也张不开口，我知道借了就还不上，不好意思。本来给儿子买房就是男方家的事情，天经地义。

崔教授 哎，请你们帮我拿主意，怎么说起她的事没完了，走，吃饭去，智慧姐，你请吧?

贾老板 老崔，我想这两个地儿你先随便选一个，合同先签一年，积累点经验再说。

Sophia 呵，你们家老贾又拿起老板的派头下结论了。

旁白：赵姐带着得意又带玩笑的口气对Sophia说。

赵　姐 少废话，说得在理，赶快执行，回去跟你先生商量去，不行就生米做成熟饭再跟他说。

Sophia 跟你们在一起真开心。你俩做成熟饭了? 好了，今天我请客。

贾老板 智慧姐这玩笑开过了。我请吧，我是老板嘛。

赵　姐 算了，在我这儿吃吧，咱们煮饺子。你们接着聊，我做锅去。

2021年10月于温哥华

我还有母亲

剧情简介：

旁白：（萨克斯曲Go home剧前30秒声音大，然后渐低直到介绍完陆姐结束）

故事发生在20世纪80年代末，主人公李老师从云南昆明某大学到加拿大读博士，出国三十多年后回国探亲，下飞机回家途经长途车站餐馆。李博士在餐馆坐下等餐，餐馆老板见到有些洋味并提着把手上套着行李牌的行李箱的李博士，与他面对面而坐。他们彼此聊起母亲的话题，李博士急切地想垫垫肚子赶长途车早点见到母亲。老板出生就失去母亲，谈到母亲不由得从钱夹子中取出母亲婚前的照片。饭店前台和服务员看到红了眼眶的老板，也勾起了思乡念母盼归之情。

剧中人物：

李博士：六十多岁中年男士，某大学教师，20世纪80年代赴加拿大读博士，在加拿大工作三十多年。

餐馆老板：四十多岁中年男士，朴实、和气还健谈，以经营小餐馆为生。

小毛：二十岁左右女孩，餐馆老板远亲，收银员，活泼开朗。

陆姐：三十多岁女士，餐馆服务员，动作利索沉稳，别号"春城阿庆嫂"。

一

（播放歌曲到旁白结束）

旁白：昆明长途汽车站有一家云之南菌汤面馆，门楣招牌是白底手写隶书体黑字，托在几根竹子上。室内前台坐落在进门靠墙一侧，左侧有几张四人方桌，右侧靠墙有两张十人圆桌。李博士双手推着两只大旅行箱子，脚下有一个小箱子，身上挎着旅行包进门。陆姐手和手臂上端着三摞盘碗和餐具。

陆　姐　您几位？您请坐，您行李多，坐靠墙那张桌子吧？

李博士　谢谢！一位，您这儿上菜快吗？

陆　姐　车站饭店都是赶车客人，提供的都是快餐，10分钟能让您吃上，您
　　　　把行李靠墙放。小毛，把菜单给客人。

小　毛　您这大箱子小箱子，箱子放到旮旯那儿，我还是帮您一把吧，三个
　　　　箱子您这两只手怎么拿呀，您是从国外回来的吧？

李博士　不用了，谢谢，我自己来吧。这个店十年前我就来过，招牌换了。
　　　　原来叫……老东北餐馆，现在咱们这儿兴吃山蘑菇了。我小时候蘑
　　　　菇满山都没人吃，现在是山珍了。

　　　旁白：（地板上传来走路声）老板从厨房出来走向前台，听到了对话，转
头看了一眼墙角的李先生。

餐馆老板　蘑菇就是菌，营养全。您是和兴县的吧，从哪个国家回来，美国？

李博士　不，从蒙特利尔，噢，从加拿大回来。您听出我的口音了吧，您也
　　　　是和兴的，哪个乡的？

餐馆老板　我是明里县的，与和兴挨着，我们村几个媳妇是和兴的。小毛，
　　　　把我的老白茶给这位顾客沏上，您怎么称呼？

李博士　我姓李，我当过老师，家乡人都叫我李老师，您贵姓？

小　毛　（茶叶罐碰撞声）您的茶一堆，选哪个？

餐馆老板　那个5A的老白茶，用我那个青花瓷茶具沏。不好意思，免贵姓许，
　　　　言午许。您在哪儿教书？教什么的？

　　　旁白：（小餐馆常播放的歌响起）陆姐从小毛那儿接过茶叶、茶壶和两个
透亮的带把手的茶杯，用滚开的水沏好茶端到餐馆老板和李老师对坐的餐桌
上，娴熟地先给李老师斟上再给老板斟茶。

陆　姐　（茶壶倒水，水杯放到桌子上的声音）李老师您请用，5A级别的茶是
　　　　咱们云南勐腊野山茶，生的，窖藏10年以上的珍品，茶壶茶碗我都
　　　　用滚开水烫过的，您慢用。

李博士　谢谢，我也称您陆姐吧，我虽在云南长大，听说过但还没喝过这么
　　　　多年的野山茶，谢谢（对着餐馆老板说），我称您许老弟吧。当年
　　　　我在云大历史系留校教书，出国读研究生期间也做过教授助理辅导

学生，还是老师。

小　毛　我最爱看历史剧，李老师，历史上的皇帝很威风，可后宫太乱了，
　　　　后宫娘娘妃子真不如百姓家的女人，要是我，可不愿意进宫。

餐馆老板　小孩子别瞎插嘴，在我这儿你比皇宫娘娘还美。看这些瞎编的电视
　　　　剧，还当真了。李老师，您说电视剧里说的是真的吗？姑娘是我亲戚。

李博士　有些内容是有历史文献根据的，更多是演绎夸张的。小说电视剧讲
　　　　的都是些编写的故事，当年记述的这些故事也不都是作者看见甚至
　　　　经历的，历史文献也需要分析。我们研究历史就是要根据文献考证
　　　　分析找到合理的内容。

餐馆老板　您这是真有学问，我们就是看个热闹。

二

　　旁白：饭店店员们和同乡李老师寒暄了一会儿，大家感觉彼此亲近成一
家人，话题延续到更亲密的了。陆姐端着一碗菌汤大海碗放在李老师这边，
将一小碟鲜菜叶倒在汤面表面，随手又给老板斟满茶。

陆　姐　（碗放在桌子上的声音）李老师您慢用，我们老板和您对脾气，趁着
　　　　现在顾客少你们慢慢聊。

餐馆老板　辣子是四川椒做的，香。您是哪年出国的？

李博士　一九八八年，大学毕业当了几年老师，然后就去加拿大读研究生了。

餐馆老板　那时候国外比国内富裕得多吧？我那时候每月挣三百左右，国外
　　　　家家都有汽车洋房，您到那儿住什么房子？

小　毛　那时候还没我呢，听说那时候县官都没有轿车，您到那儿买车了吗？

李博士　我只带了二百加币合我一年工资，还是家里给凑的，到那儿虽然有
　　　　助学金但交了学费不够租房吃饭的。你们以为我们到了发达国家一
　　　　下就过上他们的生活。我每天下课还要打五六个小时零工，每天睡
　　　　不到五个小时。

小　毛　听说打工都是洗碗刷盘子，还有的扛死尸，是吗？

餐馆老板　净瞎说，人家国外医院有车，还用人扛啊？我姐单位一个出国的
　　　　　走了七八年都没回来过，说是没钱回来，是真的吗？

李博士　确实没钱，我头十年也没回国探亲。那时候，上大学学了几天哑巴
　　　　英语，出国前苦练三个多月听力就出去了。到国外上课补英语还要
　　　　打工，没时间也没钱回来，春节给家里打电话也不敢多说，省钱。

餐馆老板　还不如我们在国内，我们上班挣钱，下班挣外快，酒肉随便造。

陆　姐　我一九八五年的，那时我爸妈下班推车卖日用品，我在车底下玩，
　　　　街上好吃的都吃遍了，我再给您加点汤。

小　毛　李老师，您家人跟您去了吗？电视里演的好多一个人出国，有的对
　　　　象分手了，有的离婚了。

李博士　过了四五年攒够了路费她们才过去的……

餐馆老板　你这丫头，又是电视剧，有这事也是个别人的，不能说没有，李老
　　　　师是吧？（对小毛说）有客人要结账，快去！您这是回来旅游？探亲？

李博士　啊，主要是看我母亲。

　　　旁白：（歌唱母亲的歌直至下个旁白结束）李博士说到母亲，停住指间的
筷子，抬起眉眼额头挤出个"王"字，微笑的眼眸显得格外清澈。老板却颔
首垂眉，双手紧握茶杯的指头好似在颤抖。

餐馆老板　您多大岁数了，出国都三十年了，您的母亲多大年纪了？回来还
　　　　有老母亲看，您可真幸福呀！

　　　旁白：疑惑间，老板双眉的八字撇得更大，张开的口字形嘴更加呆滞。
好像脖颈那节椎骨突然脱落，头一下垂下。小毛心里知道，李老师的话扎到
老板、自己这位远房舅舅的心，于是走过来斟茶摸着表舅的头。

小　毛　（音乐轰的一声）表舅……

李博士　我都六十岁了，母亲也八九十岁了。您也就四十岁吧？家里老人家想
　　　　必还年轻！我在外道远最多放年假回来看一次就不错了，哪有您这个
　　　　福气，老人家在身边随时去看，多有福气呀！老人家跟您一起住吗？

旁白：老板难为情似的慢慢抬起头，淡淡地苦笑了一下，此时小毛摸着表舅的肩膀揉搓着，陆姐端着空盘子也停住脚步望向老板。

餐馆老板 哪有那个福气呀，哎，母亲早就走了，我都没见过她的面。

旁白：老板说着眼圈泛红。李博士吃惊的眼神似乎钻到他的眼眸，老板没抬头，李博士用讷讷的语气问。

李博士 怎么会呢？

小　毛 老板是……

旁白：老板抬起左手打断小毛的话，同时右手伸到上衣内兜取出钱包，小心地抽出一张黑白照片，上面是一位二十岁左右梳着辫子的女孩，一看就知道是照相馆拍的老照片。自己端详了一眼，才转过手递给李博士看。

餐馆老板 这是我母亲年轻时的照片。

李博士 你的母亲很美，真的，非常的美丽！

餐馆老板 可惜，我只见过她的照片，婚前留下的，我随身揣着十几年了。

李博士 （音乐轰的一声）这是怎么回事？

餐馆老板 哎，母亲生我的时候大出血，保住了我，她却走了，我一出生就没有了母亲。

旁白：（低沉交响乐启奏）他说到这里眼泪如开闸的水，赶紧用手背抹眼泪，抑制住哽咽的喉咙没哭出声。小毛迅速抓起李博士面前的餐巾纸塞到表舅手里，喊着表舅，自己哭出声了。

李博士转动着头无声自语，真没想到，回家看母亲的路上邂逅了这位一出生就没见过母亲的人，相比较而言我真是有福的人哪。这位兄弟好可怜！

餐馆老板 您看我长得像我母亲吗？照镜子时，我总觉得我眼睛、鼻子、脸盘连耳朵都像她，（兴奋的口气）您觉得哪儿最像？我觉得我的脸盘和眼睛跟我母亲的一模一样。

李博士 很像，都很像！儿子随母亲，你的眉眼里有和你母亲一样的美丽和善。

陆　姐 我们老板可和善了，从不跟我们发火，跟我们吃一样的，知道我们也不容易。

小　毛　有火都撒到我身上了，看，我表舅眼皮有三层，大耳朵还有轮，特别吸引顾客。

　　　旁白：李博士望着四十来岁的老板，老黑白照片上，他怎么能看清四十多岁的汉子与不到二十岁的少女面貌有什么相似之处？可知道他们是母子后觉得确实像。心里想他多么希望长得和他母亲一模一样，仿佛站在镜子前就能看到他母亲。李博士心里说着一股热流涌到喉咙，眼眶冒出血丝，哽咽着连声说。

李博士　很像，确实很像！善良的性格可以遗传，而且能感染别人传播下去，老板已经把和善传播给你们了。

陆　姐　确实，我们是车站饭馆，原来我见到旅客背着大包小包、带着老的抱着小的进来，又不舍得花钱我就烦，可我们老板就不。

小　毛　有的客人喝了茶看看菜单起身就走了，我就拉着脸给他们几句，老板说，别这样，他们是不想吃吗，只是没钱舍不得。

餐馆老板　李老师，您身上带着母亲的照片吗？

李博士　有，有啊！

　　　旁白：（急切的交响乐启奏）李博士立刻从背包里拿出钱包，仔细地抽出一张彩照递给老板看，老板接过照片盯了很久。

餐馆老板　多么慈祥，向您母亲问好，她老人家也是我的母亲。

李博士　对，也是你的母亲，你就是我的兄弟，我把我家地址和家里电话写给你，我休假一个月，真希望你到家里看看。从这儿坐车四十分钟就到了，咱们喝我妈酿的米酒。

餐馆老板　我安排好时间一定会去的，等我。哎，天下的母亲我都想看，母亲舍命给孩子……

小　毛　表舅，我也跟你去。

李博士　去，这位大妹子也一起去，我给你们留着从加拿大带回的冰葡萄酒，很甜的。

2022年8月于温哥华

姑妈从温哥华来

剧情简介：

爸爸和表姑自儿时被海峡阻隔从未见面，表姑后来又投靠儿子移居加拿大。大陆开放后二人有书信来往，表姑想去大陆看看表哥，可是爸爸在和表姑的信中说了自家住着大房子，家庭好、儿女很有成就的大话。爸爸不知见到表妹如何圆场了，同样，表姑见到自己久未谋面的哥哥也很尴尬。他们见面后，儿子一家帮爸爸圆场，越说越露馅，姑妈也包不住实情了。最后大家和盘说出实情，真情跨越了时间，他们又回到儿时的亲情，姑妈都不想回加拿大了。

剧中人物：

1. 爸爸；2. 儿子；3. 儿媳；4. 孙女；5. 姑妈；6. 老伴：雇的演员。

一、接到来信

旁白：老爷子坐在沙发上看报，儿媳推门进屋（推门声）。

儿　媳　爸，您的信，国外来的，您还有国外亲戚？

爸　爸　加拿大来的吧，我有个表妹在加拿大，但十多年没联系了。

旁白：儿子和孙女闻声从房间和厨房冲出来，老爷子走向自己的房间正准备撕信封。

儿　子　我怎么没听说过您加拿大还有亲戚呢？

孙　女　（同时问）爷爷，您在加拿大有什么亲戚？

爸　爸　我表妹，打小我们在我姥姥家长大，后来她嫁去香港，又去了加拿大。

儿　媳　怎么啦？她准备回国探亲吗？给咱们带点洋货来。

孙　女　我要国外的巧克力和电动娃娃。

旁白：孙女连蹦带跳奔向爷爷。（拖鞋趿拉声）老爷子一屁股坐在沙发上，有尴尬的表情。

爸　爸　（惊恐）麻烦了！

儿　子　姑妈来住几天不麻烦。

儿　媳　带她到长城和颐和园玩玩，吃隆福寺的北京小吃。花不了什么钱，您甭担心，我们出钱。

爸　爸　不是（欲说又止）。

孙　女　爷爷没关系，我也陪她去，我用存的零花钱给姑奶奶买礼物。

　　　旁白：老爷子尴尬得只能说出实情。

爸　爸　我啊！就是之前写信跟她夸大了点事实，说咱们家住两个单元七八间房，全是红木家具。

儿　子　你是夸大了一点？咱们三代同堂住两居室，家具倒是红漆木头的，但嘎吱嘎吱响。您夸得也太大了点。

儿　媳　您没说住别墅就没事，两室和七室差不多。

孙　女　差不多？您再来一间，我就不用睡客厅了。

爸　爸　哎呀，最麻烦的不是房间的问题。

儿子和儿媳　还有什么问题？

爸　爸　我还说……我和老伴很幸福。

儿　子　您吹这个干吗呀？这回好了，我还想让我妈活过来呢，哎！

爸　爸　谁叫她跟我吹牛，说她住着花园大别墅，女儿在大学里当教授，儿子是大老板，英国还有分公司。

孙　女　在加拿大都住别墅，不新鲜，您还吹什么了？

儿　媳　您还说什么了，我们好帮您圆场啊。

爸　爸　我说，我儿子是局长，其实你就是科员。我女儿在海南开发房地产。

儿　媳　好么，还吹出个闺女来，老公，这场我可帮你圆不了。

二、姑妈来了

　　　旁白：儿子只能想办法圆场了，到家政公司雇个"临时妈"，把自己闺女说成海南房地产老板妹妹的女儿。儿子从机场接姑妈回家，姑妈擦着额头上的汗。

姑　妈　哎呀，表哥呀你好啊，跟小时候的模样一样，没变。还是高鼻子，大耳朵。

爸　爸　嗯，这个变不了了。表妹你可比照片上的富态多了，福相福相。

孙　女　姑奶奶您好。

姑　妈　这是孙女？

爸　爸　外孙女。

孙　女　（小声跟妈妈说）我怎么成外孙女了？

姑　妈　这是你女儿？

爸　爸　这是儿媳妇。女儿在海南做房地产回不来，孩子在我这上学。

　　　旁白：儿子从冰箱里拿出一罐可乐递给姑妈。

儿　子　天热您喝点冷饮。

　　　旁白：孙女也顺手拿了一罐，她妈一步跨过去，吓唬着举手要打孩子的嘴。

儿　媳　（小声呵斥孩子）这么馋，撕烂你的嘴！

姑　妈　说什么呐，这要在加拿大，孩子就可以报警，以威胁罪判你刑。

儿　媳　哟，打自己孩子警察也管，警察管孩子吃饭吗？

爸　爸　怎么跟你姑妈说话呢！

儿　子　她不会说话，抱歉，姑妈，您歇会儿，喝杯冰镇可乐，吃点水果。

姑　妈　可乐都喝烦了，你还是给我沏壶茶吧。

爸　爸　快给你姑妈沏壶龙井。

姑　妈　甭说那不是你女儿，就是你亲闺女，你打她脸都犯法，还撕她嘴！

　　　旁白：儿子提着菜带着雇来的"临时妈"进门，临时妈提着鱼走进门，孙女发愣，刚要说话，她妈赶快上前捂住她的嘴。

爸　爸　这是我老伴慧琴，这是表妹谢芳。

老　伴　表妹一路辛苦，表妹还真像影视演员谢芳，您坐着我去烧鱼。

儿　媳　妈，（嘟囔）我怎么叫着这么别扭哇。我跟您做饭去。

　　　　旁白：儿媳跟着雇来的妈往厨房里走，姑妈听见儿媳的嘟囔了。

姑　妈　你怎么别扭哇？

儿　媳　我说怎么没肉哇。您来了别扭什么呀，高兴还来不及呢。

姑　妈　弟妹看上去面少啊，比你年轻多了。做饭不急，坐会儿说说话。

老　伴　（尴尬的语气）不，不年轻了，差不多，我去给你做鱼，您坐，您坐。

爸　爸　她做的鱼好吃，我吃她做一辈子的鱼了。

姑　妈　表弟，参观一下你的大房子，（走路声音）房子不大嘛，哪有七间房呢？

儿　子　为了您来，我们刚装修的，还有花园呢。

爸　爸　他们听说你要来，花了不少钱，干了一个多月。

　　　　旁白：姑妈在房子里转了一圈，用指头掐算着数。

姑　妈　房间这么小，两居室隔成四居室了，也没七间房啊？

儿　子　我们仿照日本居室设计的，我去过日本，他们的屋子比这个还小。

爸　爸　住着温馨，还有客厅、厨房、厕所，总共七间，窗台外边是我的花园。看我种的君子兰和盆景，都是很名贵的。

孙　女　是温馨，写作业都得坐在床上。一坐四个小时，每天腿都是麻的。

　　　　旁白：姑妈看着书桌上一大摞书本。

姑　妈　哟，小学就这么多作业啊！

爸　爸　噢，把我孙女啊，外孙女推荐到加拿大去吧。

孙　女　姑奶奶，您来不是说我爷爷的？

儿　媳　多什么嘴，找我抽你呢，没大没小！

姑　妈　怎么又来了，抽谁呀？不是你闺女，我外孙女也轮不到你教训！

儿　子　她说，都由着你。

姑　妈　还是当局长的会说话，你是管什么的局长啊？

爸　爸　他是负责发大水的局的那个长。

儿　媳　管水力发电的，全国的都管。

老　伴　笊篱放在哪儿了？

儿　媳　哎哟妈，您前天不是放在抽屉里了吗。

旁白：饭做好了，儿子、儿媳去端饭菜（盘碗放到桌子上的声音）。

爸　爸　吃饭吃饭，我挨着表妹，这是我老伴专门为你挑的鱼，入锅时还活着呢。

姑　妈　那还不吓死我呀，那鱼还会诈尸呢。

姑　妈　把我带来的加拿大红酒拿来，这是加拿大有名的红酒，咱们华人买下的酒庄，自己种葡萄自己酿酒。

儿　子　科罗纳东部的一个湖，您离那儿远吗？

儿　媳　听说在加拿大牛奶和葡萄酒特便宜，跟矿泉水价钱差不多？

孙　女　姑奶奶，加拿大人用牛奶洗脸吗？牛奶美容。

爸　爸　那太不像话了，牛产奶多不容易呀，不知道不要胡说。

姑　妈　要说加拿大的牛奶，是全世界最好的奶之一，一头奶牛至少占一英亩地。

老　伴　占恁大地儿，牛遛弯呀？您尝尝炒猴头。

姑　妈　猴头？野生动物你们也敢吃啊？

儿　媳　是猴头菌，蘑菇长得像猴脑的。

爸　爸　外国很尊重动物吗，许老虎吃人不许人吃老虎，当然了，老虎不讲法律了。

姑　妈　在加拿大松鼠都不能抓，养的鸡也不让宰了吃。

孙　女　哟，看着玩的，当宠物。规矩太多了。

老　伴　（不小心端的盘子落地摔碎）哎呀，我赔，从我租金里扣。

姑　妈　弟妹，什么租金？

老　伴　不！工资。

儿　子　妈！

孙　女　我没奶奶了！

儿　媳　实话实说了吧。姑妈，我妈十年前就走了。爸不是跟您写信说过他有老伴？谁想到您来了，没辙了，临时到家政公司雇了一"临时妈"。

儿　子　对不起，我给您加点钱，您回去吧。

老　伴　那盘子不赔了？

儿　媳　不赔了，再给您一百块钱拿着，别跟你们老板说了。

爸　爸　吃完饭再走吧。哎呀，对不起您还是回去吧，我正愁晚上睡觉怎么办呢。

儿　媳　您慢走。（关门声）噢，您还想着睡觉的事呢，我们可没给您付陪睡的钱。

儿　子　你瞎说什么呢！

孙　女　要不给那个奶奶请回来，陪我爷爷得了。

姑　妈　怎么又是你爷爷了，不是姥爷吗？

儿　子　我倒想有个妹妹呢，那是我爸编的。听说你儿子是大老板，我爸就编了一个老板闺女，还做房地产的，您看我们家住的，像房地产老板的家吗？

儿　媳　你要是个局长，咱家也不住这"七居室"了。

姑　妈　（坐着双手拍着腿哭）都是我把你给欺骗的，我哪儿来的大老板的儿子？！

爸　爸　那你儿子是做什么的？

儿　子　表哥不是博士吗？

儿　媳　对，学航天的？

姑　妈　我是看国内的亲戚发财，怕你们看不起我们在国外的，才这么说的。

爸　爸　他们现在是干什么的？

姑　妈　儿子是学航天的不假，可加拿大哪有什么航天呢，那是硕士毕业找不到工作，只好再读博士挣钱养家。

孙　女　姑奶奶，博士挣多少钱？

儿　媳　读博士还能买得起汽车呢。

姑　妈　花五百加币买了一辆二手车，晚上还得去拉活挣外快，经常干到后半夜。

儿　子　我倒想有辆车挣外快，二手车我也买不起呀。

爸　爸　在加拿大闯荡也不容易嘛，你也跟着受了不少苦呀。

姑　妈　（哭了）可不是嘛，当初我去帮他们看孩子，我所有的积蓄都给他们了，连买包榨菜都得算计（号啕大哭）。

旁白：大家围着姑妈劝慰她。

儿　子　您不是也过来了吗，花园洋房也住上了……

孙　女　姑奶奶，花园多大呀，我在电视里看加拿大的房子花园可大了，狗能撒开了跑。

姑　妈　哎呀，我是没这命。没等住上House，就是别墅，老头子就走了。我就去了养老院。

爸　爸　养老院好哇，以后我也不跟你们住了，去养老院。

儿　子　我们招您惹您了，人家加拿大养老院什么样，咱这儿什么样？

儿　媳　您就别添乱了，到时候我们还得往养老院跑，我可没工夫。

爸　爸　我现在就去。

姑　妈　别去，你们家多热闹哇，我也不想走啦。

大　家　（哗然）哇！

（剧终）

2019年6月14日

181

爸妈来温哥华

剧情简介：

故事发生在21世纪初温哥华一个技术移民家庭，徐宏、谢丽夫妇在20世纪末移民加拿大并白手创业。他们有了孩子后，为了省钱请父母来照看孩子，孰料各种矛盾也随之而来。

剧中人物：

徐宏：先生，工程师；

谢丽：太太，会计师；

Linda：女儿，9岁，上小学；

姥姥：南方某城市退休教师；

爷爷：来自北方农村；

奶奶：来自北方农村。

旁白：徐宏自从有了女儿Linda，岳母就办理了投靠移民来到温哥华当起了免费保姆。爱人谢丽又要生老二了，B超看出来是个儿子。因为岳母照顾不过来两个孩子，所以他请父母来温哥华伺候爱人月子。八月份谢丽离临产期还有一礼拜，他给父母订了机票，过几天他们就来了。

谢　丽　阿宏！干吗让你爸也来了？他也帮不上忙，你妈还得照顾他。

徐　宏　我们家是农村的，男人不会做饭，我爸留在家谁照顾他呀？

谢　丽　（埋怨的口气）你爸来你咋也不跟我说一声？

徐　宏　（不耐烦口气）说了，办签证还是你递交的申请！

谢　丽　（急促音调）签证是一起办的，买俩人机票你也没说呀。

徐　宏　过两天他们就来了，再有一礼拜就生了，别生气啦。

旁白：徐宏从机场接爸妈回家，女儿听到开门的声音，放下iPad跑向门口，看爸爸推着行李箱进门，她冲着爷爷奶奶跑过去。

Linda　　爷爷、奶奶！

奶　奶　哎哟！这是我的宝贝大孙女呀！赶紧过来，让奶奶瞧瞧，一晃眼，都长这么高了！

Linda　　我拿我拿。奶奶您跟我睡吧，哎，奶奶，我的帽子呢？

　　旁白：Linda抢过爷爷的挎包，又接过奶奶的提包。爷爷来之前说好了给她买特产，奶奶给她织帽子。奶奶从包里找帽子，却先翻出一个盒子，Linda抓过盒子看不懂中文，看图片知道可能是糖。

Linda　　爷爷，这是那个什么，什么糖吧？

爷　爷　这是花生蘸，外边是糖，里面是花生，脆得很，你这个小豁牙子一咬就碎。还有北京的酥糖、上海的大白兔奶糖。

　　旁白：谢丽挺着大肚子从卧室走出来。

谢　丽　爸、妈，飞机上十几个小时坐累了吧？睡着觉了吗？

徐　宏　他们第一次坐飞机，又坐了大半天，都没睡好。

　　旁白：谢丽拉住婆婆的手，正要领去给他们准备好的房间，突然转身立刻去捂嘴，只觉得一股酸水涌了上来。

奶　奶　小丽，你快回屋躺着，我自己来，这都快生了还害喜，准是儿子没错。

　　旁白：此时Linda跑过来，扶着妈妈的肚子往睡房走，徐宏也赶紧跟了进来。

Linda　　妈妈您慢点，小弟弟在肚子里也该恶心了。

谢　丽　（双手扶腰进屋）啊，弟弟感觉不到。（抬头对着徐宏说）我没事，就是闻着你妈身上的一股味，还有你爸的烟味受不了。

　　旁白：徐宏看了一眼谢丽，眼神移向Linda，意思是别当着孩子说，孩子看了大人一眼，机灵地跑出去了。

徐　宏　我让他们换换衣服洗洗澡就好了，我爸抽了一辈子烟，我不让他在家抽，你也将就着点，啊。欸，在国内时，爸妈来咱家，你咋没说过他们有味？

谢　丽　在这儿习惯了温哥华的空气，一点别的味都闻不了，我这怀着孩子
　　　　更受不了了。

　　　　旁白：岳母遛弯回来，知道这时亲家该到家了。

姥　姥　老亲家，你们一路累了吧，我算着你们该到了，我去操场散步去了，
　　　　紧着往家赶，飞机上睡着觉了吗？

奶　奶　我睡不着，老头子倒是睡了一路，第一次坐这么长时间的飞机，头
　　　　到现在还晕着呢，耳朵还嗡嗡的。亲家，你可是受累了，孙女多亏
　　　　你照顾，我们也都不上忙。

爷　爷　我也没大睡好，飞机嗷嗷叫，坐着睡不习惯。

奶　奶　（奶奶跟亲家调侃说）嘁，这老头子还说他没睡好，那呼噜打得，前
　　　　排坐的人都回头看了他好几回。

谢　丽　妈，您歇会儿，我给您和我爸准备好了新衣服，你们洗个澡，换上
　　　　衣裳躺会儿去。我妈，哎，哪个妈我都叫乱了，（笑着说）我亲妈，
　　　　不，生我的妈做好饭叫您。Linda，去帮奶奶弄好洗澡水。

奶　奶　不用了，来之前到城里刚洗的，衣服里外都是新的，知道你们国外
　　　　干净。

　　　　旁白：谢丽拽了徐宏一把，接着掐了他的腰一下，徐宏立刻明白了意思。
走到他妈妈面前，一手扶着妈的背，一手拉着妈的手往给他们准备的房间走
去，其间还给他妈使了个眼色。

徐　宏　妈，妈，您让Linda先带您洗个澡，换件新衣服，洗完了就不累了，
　　　　也不会那么晕了。Linda，来帮奶奶放洗澡水去。

Linda　哎，来了，来了！

徐　宏　爸，等我妈洗完了我都您洗。

　　　　旁白：医生用B超没看错，果然谢丽生了个儿子。徐宏第一时间打电话告
诉在家的妈妈，奶奶乐得合不拢嘴。姥姥赶紧准备好床铺和衣服，奶奶炖了
鸡汤准备送到医院。此时，徐宏提个篮子，谢丽穿着往常的衣服回来了。

奶　奶　哎，儿子，不用买鸡，妈把鸡汤都熬上了。（奶奶纳闷），哎，谢丽，

　　　你怎么也回来了？

徐　宏　妈，篮子里不是鸡，是您孙子，快看，像谢丽，大眼睛。

奶　奶　哎哟，快让奶奶瞧瞧我的宝贝大孙子。哟，这可不行，咋刚生完孩
　　　子不住院就回家呀！妈带钱来了，咱有钱！

徐　宏　妈，在这儿生孩子不花钱，医院不让住，不用住院。

姥　姥　丽丽，妈把床铺好了，赶紧带孩子休息，红糖水在床头保温杯里。
　　　亲家，这儿顺产不让住院，这儿的人也不坐月子。

奶　奶　（埋怨口气），加拿大这是什么规矩，咱又不是洋人。小宏，你赶紧
　　　给小丽换上鞋（指着儿子说），拖鞋没后跟。小丽，你快去换上裤
　　　子，裙子漏风。我说亲家母啊，你可得管着闺女点，这要是落下病，
　　　可是一辈子的事儿。

姥　姥　没事，亲家，我在这快十年了，都看见好几个当天生了孩子就回家
　　　的，还有的没事似的出来逛公园，甭管她了。

　　旁白：爷爷闲得没事很尴尬，儿子带他认识了去几个公园的路，周末还
带着他逛逛旧家居买卖集市，老人看到东西很便宜，有的还不要钱，很开心。
过了些日子，自己就敢出去转转了。有一天，爷爷抱着一箱子玩具回来了。

谢　丽　噢，爸，您这是从哪弄得这么多玩具呀？

爷　爷　哎呀，前边那条街路上放着一箱子玩具，还写着不要钱，我捡了男
　　　孩子爱玩的拿回来给孙子玩。还有一辆小孩自行车我拿不了了，哎，
　　　一会儿准得让别人拿去了。

谢　丽　爸，您别拿进屋里，这些东西没消毒，赶快放到后院去，等徐宏回
　　　来给拿回去。

爷　爷　（扫兴地说）都是好的，没坏，你们有钱都要新的，小宏小时候都没
　　　玩过玩具。（说完抱着箱子走出家门）

姥　姥　（门口碰到亲家）哟，亲家，您抱的什么呀？

爷　爷　（生气）我在路边捡的玩具，谢丽不要，我给送回去。

姥　姥　亲家，您别生气，我去吧。现在他们有钱了，旧的不玩了，刚来那

　　　会儿，Linda小的时候，他们也淘旧货、旧玩具给孩子玩。哎，他们不会过日子我也憋气，咱们别管他们的事。

旁白：爷爷领着孙女出去溜达，又捡回路边Free（不要钱）的东西。

爷　爷　孙女，爷爷今天捡的东西别跟他们说啊！你赶紧给藏到后院的花后面去，等爷爷回国的时候带走。

Linda　哎，我给您藏到我房间，等您走的时候再拿。爷爷，我小时候去过您家，那棵枣树又长大了吧。枣是两头尖的，又脆又甜，加拿大没有这种枣。

爷　爷　你今年9岁了，现在那棵树比房子都高了，爷爷抱着你可够不到枣喽。哦，藏的东西也不许跟你爸说，咱们拉钩。（说完爷爷乐得身子抖动着跟孙女拉钩）

Linda　嗯，爷爷，这是咱们的秘密。

　　旁白：爷爷奶奶此次来只带了一千加币，进门给了谢丽五百，自己留下一半。之前攒了一辈子准备给儿子娶媳妇的二十万人民币，换成加元寄给儿子付了现在这栋房屋的首付。

姥　姥　丽丽，他奶奶来带钱了吗？

谢　丽　带了，进门第二天就给了我五百加币，我说不要，奶奶就把钱放到我们屋了，徐宏说让我收着。

姥　姥　你也不上班，靠徐宏养着一大家子人，这可不是一天两天的事儿，妈把退休金都给你们也没多少！

谢　丽　我休产假也给发工资，过几个月我就上班了，没问题，您不用操钱的心。

　　旁白：饭桌上有奶奶做的小鸡炖蘑菇，姥姥做的汤和鱼，还有炒菜。徐宏拿过来给爸爸买的一瓶朗姆酒，姥姥眼睛就盯上酒了。徐宏举起酒瓶，抓起酒杯刚要斟酒，姥姥的眼神转到亲家爹，急忙上前。

姥　姥　亲家，您少喝点，酒对身体不好。加拿大酒卖得特别贵，就是让人少喝酒，这一杯酒钱能买好几斤菜呢！

徐　宏　我让我爸尝尝加拿大产的酒，爸，来，您少喝点尝尝，没事，一天喝不超过二两，促进血液循环。这酒才40度，比国内酒的度数低多了。

奶　奶　他每天喝不多，一顿最多二两，他爱喝衡水老白干，67度的。

爷　爷　这酒没劲儿，喝两杯都赶不上喝一杯老白干。

姥　姥　您这一天喝好几斤菜钱呐，老亲家。

谢　丽　妈，您……菜和酒是两码事，爸，这洋酒您喝得惯吗？您还是喝您带来的大曲吧。

爷　爷　大曲给小宏留着喝，这儿买不着，我喝这个凑合，行。

姥　姥　小丽，鸡太咸，你少吃点，对孩子不好，亲家，您做菜少放点盐，加一点点糖，我们南方人口轻。

徐　宏　妈，您少放点盐，不够咸再蘸点酱油什么的。咱们一家子有南有北，Linda在这长大的爱吃酸的。这儿的比萨、沙拉都有酸味的调料。

谢　丽　可不，冰箱里酸甜辣什么味的调料都有，这老儿子在这生的，以后还不知道会喜欢什么味呢！

爷　爷　（喝了一口汤，赶紧捂嘴）呼呼，这汤又辣又酸，真不习惯。宏他妈，给我倒碗温水喝，欸（说着离开饭桌往自己房间走）。

　　旁白：爷爷奶奶不适应加拿大生活，离开自己的土窝，身体出了毛病，爷爷突然发起了低烧。

奶　奶　老头子，你怎么了？都几点了，咋还不起床呢？

爷　爷　我不得劲，再躺会儿。

奶　奶　哟！你脸怎么那么红啊，发烧了吧，你哪里不舒服？

爷　爷　我自打到这儿肚子就不好受，天天拉肚子，我想过几天习惯了就好了，快一个月了，都不见好，我还是回去吧？

奶　奶　你回去？你一个人可不行！要不你去深圳咱闺女那儿？（说着摸了他额头一下）哟，你这是发烧了吧，小宏，小宏！

谢　丽　妈，怎么了，小宏他上班去了。

奶　奶　小丽，你爸他难受，有点发烧，他一直没说，都好几天了。

姥　姥　亲家爹可能是吃辣的不习惯，多喝点水，吃点清淡的，这病可看不起，要不，我给他刮刮痧？

奶　奶　不用去医院，买点药，吃两天就好了。

谢　丽　这里没医生的处方，药店不卖给你药。还是等徐宏回来去医院看急诊吧，要是严重了可就麻烦了。

爷　爷　不用去医院，我知道是啥毛病。

姥　姥　亲家爹是有什么老毛病？在这儿，看一次急诊好几百，加币！

奶　奶　没啥大毛病，就是有时候胃疼，老毛病了，在家时，吃点那种白药片就好了。

谢　丽　药可不能瞎吃，爸，您知道自己是啥毛病呀？

爷　爷　哎呀，没啥，就是抽烟少了，酒劲儿不够。（大家哄堂大笑）

旁白：岳母还是想让爷爷回国，撺掇着闺女想办法。

姥　姥　（悄悄话）小丽，我跟你说，赶快让你公公回去，别在这添乱，这万一真病了，得花多少钱呢。

谢　丽　我本没想让他来，是徐宏没跟我商量就给他俩订票了，他说他爸没离开过他妈，除了干农活，他爸啥都不会。

姥　姥　过俩月你就上班了，我一个人可照顾不了俩孩子。他妈不能走，他爸不能总不走！等徐宏回来，你跟他说说，可别说是我的主意啊！

徐　宏　（提前回来直奔父亲房间）爸，你怎么了，小丽打电话说您有点低烧，我紧着赶活儿，早点回来，现在咱们去医院吧。

爷　爷　不用，没大毛病，儿子，我回去吧，在这儿不习惯，回去就好了。

徐　宏　不行，回去就你一人，我更不放心。

旁白：徐宏摸了一下爸爸的额头，感觉有点热。

徐　宏　爸，您试体温计了吗？

爷　爷　嗯，烧得倒不高。

奶　奶　谢丽给他试的表，说是37度5，不碍事儿的，他呀，就是烟抽得少，酒的度数"不够"，只要烟酒灌着他就没事了。没事，甭管他了。

谢　丽　爸，你多喝点水，出去走走，您是在这水土不服。再过一个多月，温哥华雨季到了，怕您更受不了了。我来这适应了三年，冬天基本上五个月见不着太阳，天天会下雨。

徐　宏　我都快五年才适应，现在到冬天还感觉胸闷，灰蒙蒙的天顶在头顶上，到哪儿都甩不掉。

奶　奶　哟，老头子，这可真不行，要不你赶快回去吧，到咱闺女那儿去。

爷　爷　楼房我住不惯，深圳乱得慌。

奶　奶　那你去大侄女家？她家宽敞，离咱家也近。

徐　宏　对，去大堂姐家，姐夫人挺憨厚的，您要是去那，我也放心些。

谢　丽　还是家里人多好，咱们给堂姐点钱，让她帮忙照顾咱爸。

爷　爷　钱我有，地包出去了，国家每年都给补贴，看病还有医保。儿子，你给我订飞机票，我想早点回去。

　　旁白：姥姥负责给外孙女做饭，女儿有事爱找亲妈帮忙。爷爷接送孙女上下学，奶奶干家务，也帮着看孙子。奶奶的农村习惯常常让亲家接受不了，谢丽也看不惯。

姥　姥　（厨房，奶奶在切菜）亲家，还是让我来吧，切酱牛肉用这把刀，刀架上插的刀，第一排是切菜的，第二排是切熟食的，第三排是切生肉的。

奶　奶　亲家，我用抹布擦过了。我们家就一把刀，什么都切，没事儿。哦，我们家原来还有把杀猪刀，现在不杀猪，也不用了。

姥　姥　要不农村那么多传染病呢，我在老家也用两把刀，生熟分开。你看这架子上六把刀，抽屉里还有，切什么用什么刀，可讲究了。

奶　奶　（不高兴地说）行了，我干了一上午了，腰累了。亲家，那您切吧，我躺会儿去。

　　旁白：奶奶扭着腰，好似腰痛般走进自己房间，用力关上门。谢丽抱着孩子应声出来，看奶奶不高兴，跟亲妈说话。

谢　丽　妈，您说得对，嗯，我进屋看看奶奶去。

（谢丽敲门，爷爷开门）

爷　爷　哎，闺女，没事，你妈躺会儿就好了，做饭我也帮不上忙，你忙孩子去吧。

奶　奶　我说谢丽呀，你看我来了倒帮倒忙了，孩子不会看，饭也做不了，白给你们添麻烦，我看我还是跟你爸一块回去吧。

（听了亲家埋怨的话，姥姥走过来）

姥　姥　哎呀，亲家，都是我不会说话，您别往心里去。

谢　丽　妈，我替我妈道歉行了吧。我妈刚来的时候，我们娘俩也没少吵架，不是她看不惯我，就是我嫌她叨叨，嫌她不懂加拿大规矩，也不爱学。

姥　姥　是啊，亲家，我也是待了好几年才习惯这里的规矩，慢慢地就习惯了。唉，女儿啊，我看你们也给他们二老办个投靠移民手续，来这得了，家人团聚总归是好事吧？

谢　丽　嗯，好主意，等小宏回来我跟他说，我来写申请。

2020年11月于温哥华

化蝶

剧情简介:

浙江上虞（今绍兴）祝家村乡绅祝家女英台自幼习诗文，一心求学遭祝员外拒绝。祝英台求学心切，便女扮男装求学，途经郧县（今宁波市）邂逅放牛娃梁山伯，与他一见如故，二人在河边草亭撮土为香，义结金兰。

同窗三载，山伯不知英台是妹，以弟相待。英台暗恋山伯。英台忽接家书报父有恙速归，山伯泪送英台至横河边草亭。

师母告知山伯，英台是女子，山伯的书童四九不知此事。山伯出游至上虞，得知英台与马家太守公子秀才马文才订婚。山伯约出英台私订终身。可是马家势强，若毁了与马家婚约会加害祝家和山伯，英台只好拒绝了山伯。英台父母白发人欲下跪求黑发女儿成全与马公子婚约。

山伯不死心，学成到英台家乡任县令，不能成婚令他郁郁寡欢绝望而终，临终他嘱托家人将其葬在英台婚轿途中。英台乘婚轿途经山伯坟，突然狂风大作，坟裂开，英台被风卷入坟中与山伯团圆。此后坟场草长莺飞蝴蝶翩翩，有一对黄褐色蝴蝶翻飞并舞，人们称二蝶为英台山伯化身。

剧中人物:

英台：祝英台，女主人公。

银心：祝英台侍女，随英台一起女扮男装，做书童。

山伯：梁山伯，男主人公。

四九：山伯的书童。

师母：祝英台和梁山伯的教书先生。

道具：小桥（2块板子）、书箱子2个、扁担2条、轿子（2根海绵棒）、蝴蝶翅膀2个。

一

场景：河边凉亭（英台的书童银心肩挑书箱子和行李，迈着舞步出场，望着凉亭回头向英台打招呼）

银　心　欸，小姐，快到了，停下歇息歇息，我都饿了。

英　台　银心，掌嘴，叫我什么？

银　心　（掌嘴）公子。

英台唱　家无良师只好女扮男装上学堂，学成班昭蔡文姬，习文舞枪作儿郎。

银　心　（用袖子拂两下书箱子）小姐（打一下嘴）公子，坐下歇息，我去河里打水。

英台唱　（坐在书箱子上，手捧书卷低声吟）我似笼中鸟，今日自由自在飞空中，儿要学成当个状元郎，孝敬爹和娘。

　　　　（四九挑一个破木头书箱和一卷行李，欢蹦乱跳走向凉亭）

四　九　公子快看，凉亭下有一位书生。

山　伯　（手握书卷跳着舞步走进英台，英台聚精会神读书，山伯故意高声唱）天气热来河水凉，树上鸟儿喳喳响，喳喳响，谁在读书声琅琅。

　　　　（走近英台急转身）

英　台　（听到歌声定睛望着山伯，刚起身，山伯却转过身去）请问这位公子从何而来，去往哪里？

山　伯　会稽梁家庄山伯，去杭州学堂，这位仁兄是哪方公子？

英　台　我乃横河祝家庄英台，也去杭州学堂拜师。

四　九　咱们同路欸，公子，我叫四九，咱们四人热热闹闹奔学堂。

银　心　我是银心，四九，咱们一路结伴行好有趣呀（两人绕凉亭玩耍）。

山　伯　祝公子，（唱）上天引路啊你我相遇同行又同窗，你眉清目秀大户人家，贤弟不才放牛娃，（说）山伯胆大想与公子结拜为兄弟。

英台唱　梁兄你我同读诗书要三载，相敬互助一学堂，英台不才勤努力。（说）咱俩哪个是弟哪个为兄，啊？

四　九　我家公子二八加一。

银　心　我家小姐，（打一下嘴）我家公子小你家公子一岁。

山　伯　那我为兄你是弟，咱们结拜兄弟——可是没有香啊。

英　台　咱们在河边凉亭对拜，横河做证（两人前往凉亭）。

四　九　我取土为台。

银　心　我取柳枝为香。

英台、山伯　（两人并排面对观众）梁山伯、祝英台今日横河柳树为证，我二
　　　　　人结拜为兄弟。

英　台　（两人转身对面）山伯兄。

山　伯　英台弟（两人起身）。

二

场景：校园，两个凳子，山伯和英台习书聊天

山　伯　（两人各坐在凳子上读书，起身走向英台）贤弟，（唱）书海无涯莫
　　　　苦读，（抓起英台手臂将他拉起来）春柳吐芽求学已三载。（看着英
　　　　台的手，说）你的手更是纤细如嫩柳，越发像个女子。

英　台　（站起身和山伯共舞，唱）兄长得了相思病，看着哪个都像姑娘。
　　　　（接着心里唱）女扮男装上学堂，看上山伯好君郎。（说）只是，只
　　　　是（唱）有口难开不思量。

山　伯　你苦读书海为哪般，家父员外好前程？（唱）我……我书里有黄金
　　　　屋，还有颜如玉。（唱美了）

英　台　自幼家教学班昭，《女诫》教我尊妇道，习琴唱曲学文姬。

山　伯　贤弟，（唱）手如柔荑，螓首蛾眉。你学的都是妇道。

师　母　山伯、英台你俩同学近三载，情同手足兄弟情。

山　伯　师母，我俩互学互帮读书长，先生夸来师母赞。

师　母　别说没用的，英台，今天该谁挑水了？

英　台　师母，英台这就去。（英台转身看到师母拿来的水桶、扁担，担起来
　　　　就走，山伯紧随其后）

师　母　又是山伯帮他担水，看这俩娃的样子，好似一对蝴蝶在水面飞。

山　伯　（看见英台一手拿书，一手用袖子抹眼泪）英台，又想家了？刚从家

回来一个节气?

英　台　（拿出家书）家父旧疾复发，让我速归。（唱）爹爹呀，我独苗一棵孝为先，山伯……

山　伯　（送英台又到河边亭子，惆怅心情走两步退一步，四九帮银心挑着书担，银心紧跟英台，山伯随后相送）（唱）英台你走我心断肠，何时相见难思量，山伯约定相见上虞你家乡。

银　心　四九哥，找一下土台柳香，三载时光柳香烂，化作泥土永不消。

四　九　银心弟，横河流水水不断，凉亭做证难相忘，你我兄弟永结缘。

三

场景：祝家院子

英　台　（回家见一人在家，跪下叩首）母亲，父亲身体究竟如何，我心急如焚疾步归。

英　母　快起来，让娘看看我这貌似桃花眸似水的女儿，你有喜了。

英　台　母娘乱说，女儿未嫁哪来的喜呢，羞死了！

英　父　（醉酒踉跄进门）女儿，是喜事。

英　母　老头子，喝马太守家的好酒喝醉了。

英　父　我高兴啊，（唱）进门老夫听到喜鹊喳喳叫，祝家门楼要升高，（说）女儿呀，前面给你说的婆家你不理会，（唱）老天爷做媒，你与马太守家秀才马公子的亲事说定了。

英　台　女儿还要去学堂，马家公子也不嫁。

英　父　不行！我已和马太守订下婚约，撕了婚约老夫的脸往哪儿搁呀，老夫只有你一女，只有你高嫁，祝家的门楼才能高升呀！

英　台　爹爹呀，小女有事要把话说，我已私订终身给山伯。

英　父　不行，（唱）私订终身没规矩，嫁给个放牛娃你吃苦来祝家门楼塌，（捂着胸口说）坚决不行！

英　母　听你爹的，你嫁给马家吃香喝辣耀祝家，万不能许配放牛娃。

英　台　（唱）山伯人好学优前程亮，我宁可断指断发断头颈，断不了三年来真真切切苦苦甜甜丝丝缕缕，结成的千丈情根，千丈情根。

英　父　你糊涂呀，糊涂，马太守的婚约能退吗？知道你若与梁山伯私订终身而退约，不但祝家遭殃，那梁山伯也难逃横祸，太守的红笔是可以随便点的？欲加之罪，何患无辞呀。

英　台　（唱）爹爹一言似利刃，惊雷击顶乱了心。

父　亲　（唱）切莫让祝家楼化作祝家坟。

英　台　怎能让山伯受连累，可若负情英台宁死不愿生。

英　母　你……（唱）儿是爹娘心尖肉。（说）儿，你就答应了吧。

英　台　母亲，儿心中只有梁公子，若是要嫁给马家，那……我还不如死了好。

英　母　儿，你可万万不能，（唱）白发人跪求黑发人。

英　父　难道也让老父跪下求你吗？

英　台　梁公子，你怎么还不来？（唱）盆碎了，心碎了，花残了。

四

场景：祝宅门外

四　九　（四九和公子任县令后来到祝家庄）公子当了县令，这回祝小姐可以毁了与马家的婚约了。

山　伯　四九，快去祝府禀报小姐。（唱）我心已跳到英台前，我能握住她的手，扶她上轿到梁家府。赶快拂去劳顿，欢欢喜喜迎英台。

银　心　四九哥，你去禀告梁公子，我家老爷已经吃了马太守家的订婚酒，小姐已经许配给马公子了。

四　九　梁公子已经到了府上门外，高高兴兴等小姐。

银　心　马太守动动嘴，会让祝家府变坟冢，梁公子也难逃厄运。小姐心碎如残花。

英　台　（站在门里与外面的山伯对唱）望你望到谷登场，秋风扬散米和糠，
　　　　你我好比糠和米彼此分离各一方。

山　伯　（唱）我本想考上进士当县令，八抬大轿抬你回家乡。你我世间无
　　　　缘，阴间与你共眠。

英　台　你记得，横河岸边蝴蝶双双共飞舞，你是褐蝶我是黄，我们自由翻
　　　　飞到天边。

山　伯　（临终）四九，（唱）我死后葬我在花轿途经路，再望一次英台我眼
　　　　就闭上了，哈，哈。

英　台　（婚轿途经新坟冢，下轿子）山伯，你坟前没有花，容我撩开沙土，
　　　　用眼泪种些吧。（唱）约定了，改不了，冢里共眠到老。

　　　　（霎时狂风把坟墓裂开一道缝，英台一跃而入，缝隙瞬间合上）

合　唱　（山伯、英台化作黄褐色一对蝴蝶在草长莺飞的墓地翻飞）碧草青青
　　　　花盛开，彩蝶双双久徘徊，千古传颂深深爱，山伯永恋祝英台。

2023年2月于温哥华

爱情是一种很玄的东西

> 剧情简介：
>
> 敏姐是小娜同学和闺密，成熟老练又直爽，小娜天真幼稚。小娜视敏姐为知心大姐姐，和她聊天口无遮拦。小娜邂逅一位白马王子一见钟情，对他唯命是从，痴情单相思最后竹篮打水一场空。小娜谈过这次痴恋爱情，最终明白喜欢不是爱情。
>
> 剧中人物及扮演者：敏姐；Lydia；小娜；杨杨

情景：二人聊天

敏　姐　（独白）我很清楚地记得，去年夏天最热的那个时节，她也是这样坐在我的对面，喝着咖啡，却抬着似乎已经喝了一瓶红酒、红扑扑的脸，连说话的语气也是模模糊糊的样子。

小　娜　这次我要向你坦白，我好像真的喜欢上那个人了。

敏　姐　喜欢而已，没什么大不了的，听你这话不止一次了。

小　娜　用错词了，是爱，很严肃的爱，不是简单的喜欢。真是很严肃的爱，想到他，我就一直心神不宁。

敏　姐　这点我看出来了，你心神不宁、坐卧不安、夜不能寐、食不知味！正好抓住有利时机，减肥，你一定会马到成功的。

小　娜　显摆自己会这些成语是吧，就不顾我的死活了？

敏　姐　什么死活？根本就没有这么严重，别把自己说得这么痴情，我还不知道你吗？

小　娜　可是这次是真的不一样啊！

敏　姐　那就先说说他的好吧。我洗耳恭听，然后高屋建瓴，助你一臂之力，最终使得大小姐您，同心千载痴情盼，守得云开见月明。

小　娜　这么多废话！他的好呢……帅气、高大、俊朗、英武、长腿欧巴、肌肉男……

敏　姐　拜托，你说的这些词，都指的是特别肤浅的外表！说你是花痴，你还不高兴！你就不能说一些有内涵的方面吗？比如幽默、睿智、严谨、平和……

小　娜　我都没有和他说过话，我怎么知道他是否幽默？是否睿智？是否严谨？是否平和？

敏　姐　话都没有说过，你还很严肃地爱上了他？真是花痴！你要切记：好看的皮囊千篇一律，有趣的灵魂才是万里挑一。

小　娜　在我的心里，他就有万里挑一的有趣灵魂。

敏　姐　可是我看到的，不过是个对好皮囊垂涎三尺的花痴！

敏　姐　（独白）话虽这么说，可坐在我对面的她绝对不是一个容易被好皮囊吸引的花痴，在我的面前她虽然有些口无遮拦，但心底里是个谨慎的姑娘，要不，她怎么大学毕业已经三年了，却还没有谈过男朋友。

　　旁白：小娜长相清丽，身材婀娜！自然并不是没有男人追。敏姐和小娜是大学同窗、同宿舍好友，敏姐清楚地知道，小娜的身边就没有少过献殷勤的男生，学霸、帅哥、酷哥……运动型、儒雅型、温柔型、长腿欧巴型……其中有些还真的不错……

小　娜　爱情就是要一见钟情啊！心跳到嗓子眼，眼睛再也挪不开，呼吸急促，甚至浑身抽搐……

敏　姐　你这哪是爱情，你是犯了心脏病。

小　娜　反正大概就是这个意思啦！我可不想凑合，我要等到那个真命天子，然后把自己献给他。

　　旁白：小娜这一等，还真的执着地等了整整七年，留着初恋，也留着一尘不染的自己。

敏　姐　（独白）其实我觉得什么叫一见钟情，万一三十岁之前就没有这样的感觉，难道就真的要错过一个又一个不错的男士，决然不嫁，把自己活生生地熬到年华逝去，然后再放下所有的要求，匆匆找个男人出嫁？如今她终于有了一见钟情的感觉，不论那个男人是何方神圣，都要会会！

　　旁白：上个星期三下午五点半左右的时候，小娜从瑜伽健身馆里出来，迎面竟然走来了一个让她瞬间心跳到嗓子眼，眼睛再也挪不开，呼吸急促，甚至浑身战栗的男人，她一度觉得自己好像要犯心脏病了。

小　娜　此刻，如果我的手心里有个鸡蛋，那握着也能把它握熟了，而且可以握熟一个又一个！

敏　姐　信口开河，尺水丈波。

小　娜　能不能不要四个字四个字地说，又不是参加《成语大会》，瞎显摆！

敏　姐　要真有《成语大会》，说不定我能拿个头奖。

小　敏　做梦啊！

敏　姐　梦想是一定要有的，万一实现了呢？

小　娜　你的梦想太远大了，我的梦想就在身边，还很小。现在我们谈谈我的梦想，而不是你的吧。

敏　姐　好吧，说吧，说具体点，可行性高点，那种手握鸡蛋把它握熟的话就算了吧！

小　娜　就是见到会害羞会心跳加速。

敏　姐　其实，谈了半天，你一点具体的东西都没有，你对他一无所知，却一见钟情，见个人影恨不得立刻就山盟海誓、天荒地老。

敏　姐　（独白）我看着手舞足蹈的小娜，突然觉得一个姑娘若是太晚恋爱，比如她，26岁了，才情窦初开，也是一件挺不正常的事情，甚至是有些可怕的……

　　旁白：小娜知道男孩喜欢足球，为了迎合他的爱好，有话题可聊，她拼命补习足球知识。

小　娜　内马尔、梅西、萨拉赫、凯恩、德布鲁因、姆巴佩、阿扎尔、德勒……

敏　姐　等等，我听你背诵了好几遍了，可怎么没有那个最有名、做广告的
　　　　球星？就是叫C罗的那个。

小　娜　这你就不懂了吧，（她得意扬扬地说）他的颜值太高，我要是提起，
　　　　就显得我很肤浅，肤浅得看不到灵魂的深处。

敏　姐　我可不指望你看到C罗的灵魂深处，我是希望你看到那个男人的灵魂
　　　　深处，不要像个花痴一样，特别肤浅，没有深度。

小　娜　别打搅我啊，你不懂。

旁白：功夫不负有心人啊！足球这个话题，果然打开了他们的话茬儿。

敏　姐　（独白）我还以为这样的暗恋心路历程是漫长的，她会觉得很无趣
　　　　和厌烦，自然就打退堂鼓了。可是，做梦也没有想到的事情还是发
　　　　生了。

小　娜　欧洲杯决赛的那天，我们相约去酒吧里看比赛，比赛结束，他突然
　　　　拿起酒杯一饮而尽，然后伸出双臂拥抱我。我还跟他说，我们在一
　　　　起吧？

敏　姐　然后呢？

小　娜　没有然后了！我们继续喝酒，玩筛子，喔，对了，他还对两个球队
　　　　做了细致准确的评论，我觉得很精彩，但确实没太明白！

敏　姐　他说什么你都会觉得很精彩！

小　娜　不许你这么说他。

敏　姐　（独白）她冲我嚷嚷，这一刻我发现她有点变了。这不过是她改头换
　　　　面的开始！某一天，她神秘兮兮地跑到我的办公室，傻呵呵地直乐。

敏　姐　你犯神经病了？别这样对我笑，怪瘆人的。

旁白：话音还未落，她突然把外套脱了下来，里面竟然是一个蓝白条纹
的球衣，这大概是她这一辈子，第一次穿球衣来上班吧！

小　娜　他送我的。（她还傻呵呵地直乐）我穿着合适吧？他也穿了一件，情
　　　　侣衫。

敏　姐　我可实话实说了！一点都不合适，挺秀气文弱的一个小姑娘，愣是
　　　　弄得不伦不类。

小　娜　反正他觉得很好。（她得意地说）

敏　姐　什么审美眼光，你们开心就行了，少在我眼前晃悠。

　　　　旁白：两天以后，小娜又突然出现在了敏姐的面前，这次确实惊到敏姐
　　了。小娜那长长的披肩发竟然剪成了一个假小子头，配着球衣球裤，运动鞋，
　　整个就是一个体校的学生。本来她就文静秀气，特显小，这下真是高中生的
　　样子，确切地说是个有运动特长的体育生。

敏　姐　天哪！一点女性的妩媚都没有了，感觉你就像个高中体育生。

　　　　旁白：敏姐没忍住，又说实话了。大一时新生报到，敏姐第一次遇见了
　　她，一袭白衫，长发及腰，气若幽兰，仿佛是从诗中走来……她们从此成了
　　最好的朋友。

小　娜　我就知道你会嫌弃我，不过……他喜欢就好了，他看到我这个样子
　　　　一定会惊喜万分！

　　　　旁白：那天晚上，敏姐虽然极力克制，但最后还是给小娜打了一个电话。

敏　姐　喂，你的造型让他惊喜万分了吗？

小　娜　好像……没有什么特别的反应。

敏　姐　听你这口气，显然有点失望。你改头换面，几乎就是变了个新人，
　　　　他还没夸奖两句呀？

小　娜　他今天特别忙。

敏　姐　说出来听听，都在忙什么？

小　娜　我下班就直接去教育城的那个球场找他了，他们和另一家单位约了比
　　　　赛。球赛结束后，我陪他去吃了饺子。然后，他要加班我就回家了。

敏　姐　那说几句话的时间还是有的，我这人一向很关注细节，你们吃饺子
　　　　的时候难道没有说话吗？

小　娜　吃饺子的地方，正好遇见一位他以前的女同学，他们俩一直在聊天。聊的都是以前在学校的事情，还有一些同学的最新消息，我也没怎么插话。

敏　姐　什么馅儿的？

小　娜　韭菜，他最喜欢吃韭菜馅的。

敏　姐　可是跟我在一起的时候，你不是总说闻这味道你都受不了吗？

小　娜　但和他在一起的时候，韭菜就没有这么难闻。（她笑嘻嘻地说）

　　旁白：男孩的薄情冷意慢慢现了端倪，小娜却不曾抗争试图改变，只是固执地精心呵护这段感情。偶尔窥见那些他与前女友之间的蛛丝马迹，也只是宽慰着自己，不忍心去拆穿，不愿为了自己的小敏感小情绪将他束缚。但无论她如何退让，他们还是免不了争吵。于是吵架与和好，就成了他们恋爱中最重要的内容。她吵输了，还要觍着脸，去和他说好听的，十次有九次去道歉的都是她，敏姐每次听到她说这些，不由得想起鲁迅的那句话：哀其不幸，怒其不争！当然还会想起张爱玲的另一句话：看到他就变得很低，一直低到尘埃里，但我的心是欢喜的，并且在那里开出花。可她一味地低到尘埃里，一味地迁就退让，并没有等来她期盼的爱情，尘埃里终究没有开出花，换来的不过是他冷漠的分手。

敏　姐　不能因为一个自己喜欢的人，就过自己不喜欢的生活，做一个自己不喜欢的人，对吗？对自己还是要有期盼的。（敏姐试着温柔地开解小娜）快乐的生活应该是能做最真实的自己，不用委曲求全。

小　娜　可是，我真的很喜欢他。

敏　姐　这点我知道，明眼人都看得出来。

小　娜　我觉得他也是喜欢我的。

敏　姐　但现在我们应该讨论的是爱，而不是喜欢！

小　娜　我是爱他的，很爱很爱！

敏　姐　这点我也知道，明眼人都看得出来。

小　娜　我觉得他也是爱我的。

敏　姐　也许是有些爱，但他对你的爱，比你对他的爱少了很多很多，于是，你
　　　　们就不平等了，于是，他便恃宠而骄，越来越恃宠而骄。刚开始，也
　　　　许他是有些爱你，你又漂亮又温柔，气若幽兰，他动心是很自然的，
　　　　可是，渐渐他就不是那么爱你了，又或许之前，他就没有那么爱你。

小　娜　怎么可能？

敏　姐　有什么不可能？虽然你又漂亮又温柔，可他骨子里喜欢的那些特质，
　　　　其实你都没有，甚至还正好相反，于是，他就想要改造你，你也心
　　　　甘情愿地被他改造，但真正气质里的东西是很难被改造的，于是，
　　　　他多少有些失望，而你也并不快乐。说到底，还是他没有那么爱你，
　　　　他不是真爱！

　　　旁白：敏姐知道这话有点残酷，但这是她想对小娜说的最重要的话。

小　娜　其实，我也感觉到了他没有那么爱我，可是，我好像有点无法自拔。
　　　　（她掩面哭泣，刚开始声音很小，后来，索性放开了声，还夹杂着不
　　　　清的呢喃……）

　　　旁白：敏姐把纸巾盒推给小娜……然后，进厨房，洗水果，切水果，用
　　　酸奶代替沙拉酱……当敏姐托着两大盘水果沙拉出现在小娜面前的时候，她还
　　　在哭……敏姐吃完了自己的那份……她的哭声也停了，边擦眼泪，边伸手拿盘
　　　子……再然后，她就一天比一天状态好了……转年，她又一袭白衫，长发及腰，
　　　气若幽兰，仿佛从诗中走来……小娜终于又做回了自己，最真实的自己……

　　　爱情真是一种很玄的东西，因为很玄，所以是需要修炼的……有了这次
　　　修炼，也许以后小娜会洞若观火，察秋毫之末，在茫茫人群中，把自己的真
　　　命天子揪出来……

　　　小娜一袭白衫，长发及腰，气若幽兰，永远都是初见时，从诗中走来的
　　　样子……

　　　　　　　　　　　　　　　　　　　　　　　　　　2022年12月于温哥华

寄鞋

情景设计:

　　张拓芜童年时与表妹沈莲子定了娃娃亲,多年后,拓芜随家人离乡去了台湾,临别时莲子送给拓芜一个荷包。拓芜一直珍藏着荷包,太太知道这是莲子表妹的临别信物。

　　他童年的记忆和童真情感,随着年岁渐长和家庭生活的磨砺,越发清晰且让他怀恋。大陆改革开放后,拓芜一直想方设法去见未婚妻莲子。有一天,张拓芜突然接到莲子捎来的鞋子,睹物思人,童年莲子的一幕幕展现在脑海里,心与之对话。太太虽然与拓芜在吵闹中度过大半辈子,但能理解他被风吹云散的情缘和年年共婵娟的思念,孰料拓芜在太太的鼓励下还是怅思旧情。最后太太提议给莲子捎去金镯子。这份情感终在理解中释然。

剧中人物:

　　拓芜:张拓芜,男主人公童年时代与表妹沈莲子定娃娃亲后,随家人离开大陆到台湾生活。

　　张太:张拓芜在台湾的太太。

　　莲子:沈莲子,张拓芜的表妹,一直在大陆生活。

场景:张拓芜一手提个马扎,一手拿个蒲扇推门进屋,正在换拖鞋。

张　太　你老家大哥寄来一个包裹,放你桌子上了。

拓　芜　(他用剪子一层层剥开)这是一双旧款布鞋。(鞋内脚跟处白布上发现绣着一只莲蓬。他立刻想起儿时荷塘对面姨妈家与他定娃娃亲的莲子妹妹,用眼睛斜睬了一眼太太)莲子,是她?

张　太　(择着菜)老家寄的什么东西?

拓　芜　大哥寄来一双老家手工纳底布鞋。

旁白:张拓芜把鞋拿在手里,眼眸盯着莲蓬图案。

　　千里迢迢

　　寄给你一双布鞋

　　　　一封

　　　　无字的信。

　　　　（拓芜冥冥中好像听到莲子对他说）

莲　子　积了四十多年的话

　　　　想说无从说。

拓　芜　（虚空中对莲子说）只好一句句……?

莲　子　秘密缝在鞋底

　　　　这些话我偷偷藏了很久

　　　　有几句藏在井边

　　　　有几句藏在厨房。

拓　芜　还说了什么?

莲　子　有几句藏在枕头下

　　　　有几句藏在午夜明灭不定的灯火里

　　　　有的风干了

　　　　有的生霉了。

拓　芜　风干了，生霉了，我出来，莲蓬干了，可是没有发霉，在我心里一
　　　　直活着呀!

莲　子　有的掉了牙齿

　　　　有的长出了青苔

　　　　现在一一收集起来

　　　　秘密缝在鞋底

　　　　鞋子也许嫌小一些

　　　　我是以心裁量。

拓　芜　以我们分别时的心裁量的? 不小正合适!

莲　子　以童年

　　　　以五更的梦裁量

　　　　合不合脚是另一回事

　　　　请千万别弃之

　　　　若敝屣！

拓　芜　你用心当针，用金丝玉扎缝纳的鞋，我不舍得穿在脚下。我的梦里
　　　　你头顶梳着小辫，红头绳系的。

莲　子　四十多年的思念

　　　　四十多年的孤寂

　　　　全都缝在鞋底。

拓　芜　不，你不孤寂，四十年零十二天，14612天，临别你给我的荷包我摸
　　　　了14612次。

　　后记：好友张拓芜与表妹沈莲子自小订婚，因战乱在家乡分手后，天涯
海角，不相闻问已逾四十年。近日通过海外友人，突然接收到表妹寄来亲手
缝制的布鞋一双。拓芜捧着这双鞋，如捧一封无字而千言万语尽在其中的家
书，不禁涕泗纵横，唏嘘不已。现拓芜与莲子均已老去，但情之为物，却是
生生世世难以熄灭。剧中诗作乃假借沈莲子的语气写成，故用词力求浅白。

　　　　　　　　　　　　　　　　　　　　　　　　2002年5月于温哥华